岸本葉子
Yoko
Kishimoto

60代、
めが
い

中央公論新社

60代、少しゆるめがいいみたい　目次

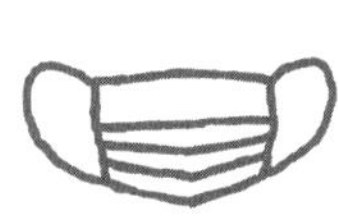

60代、少しゆるめがいいみたい

メルマガが多すぎる

一日の最初にパソコンの受信トレイを開くと、メールマガジン（以下メルマガ）が何十通と届いている。仕事のメールが埋もれていないか探しながら次々削除。迷惑メールに入れるには、カーソルをいったん移動させないといけないので、ついその場で片っ端から消していく方法をとる。翌日はまた同じ。トータルでは多くの時間を、メルマガの掃除に費やしている。

ある日突然倍以上の数に膨れあがって、目を疑った。いずれも同じオンライン上のショッピングモールからで、ジャンルはグルメ、旅行、スポーツの観戦チケットと種々雑多だ。何ごとかと登録状況を調べれば、すべてのメルマガの「受信を希望する」にマークが付いている。

注文の際何もしないと、自動的にチェックマークが付く。外して注文を確定するのが常だが、急いでいたり、在庫の最後の一つをカートに入れられ安堵（あんど）したりすると、ひと手間を忘れ大量受信するはめになる。

決まりでは、受信に同意した人へしか送れないことになっているそうで、登録した覚えがなくても、何らかの仕方で同意しているのだろう。マークを外さないという「不作為」を含めて。

同意した認識をはっきりと持っているケースもある。某アパレルのオンラインショップがそうだった。

冬のジャケットで仕事用によさそうなものがあり、値引きになったら買おうと、お気に入りに登録。セールやクーポンなどのお知らせが届くというメルマガにも、併せて登録。以後日に何通も来る。私が期待した情報とは違うお知らせだ。「春の新作発表！」↓冬のセールを待っているのですが。「売れ筋はコレ」↓買えば人とかぶるってことですね。「お住まいのエリアで注目の商品です」↓それが何か？　内心の突っ込みがどんどん辛辣になっていく（文面はサイトからの引用でなく、イメージです）。

そもそも服はしょっちゅう買うものではない。商品ジャンルに対し配信頻度は効果的に設定されているか。受信者には煩わしく、購買意欲を減退させる上、企業イメージを低下させるリスクはないか。メルマガの作成や配信にも労働力を要するだろう。わざわざコストをかけてイメージを低下させるというのも……自分のものの見方や性格まで意地悪くなっていくようで、配信を停止した。

登録の解除は登録よりもはるかに面倒。長い長いメルマガの下へ下へとスクロールして、やっとたどり着く。またこの「配信停止・登録解除」の字に限って他より薄く見つけにくいと感じるのは、老眼のせい？

クリックしてもすぐに解除へ進めず、サイトトップから入ってマイページ、メルマガ関連と経由しないといけなかったり、パスワードを求められ、とっくにわからなくなっていたりで、あきらめることも。放置したメルマガはどんどんたまって「残念なサイト」のイメージが増幅される。

逆恨みしてはいけない。登録時は買い急いだり値引きを期待したり、何らかの欲に、私がつられたからである。欲の代償と受け止め掃除につとめよう。

ラインで焦った

ラインは不慣れながら使っている。家族とのやりとり、お店からの案内。この頃はグループラインにもいくつか入っている。複数の人へ同時にメッセージを送れるものだ。趣味を同じくする人からサークルに誘われ、日時などのお知らせに便利という。設定の仕方が全然わからず、スマホを人に操作してもらって、仲間入りできた。

お知らせのほか「アルバム」なるものが送られてくることがしばしば。行われたばかりの回のスナップ写真だ。たまに参加するくらいの私はほとんどいなくて、いたとしても老眼には小さすぎて見えない。

アルバムがたまって、お知らせを探すのに画面を上下に行ったり来たりするようになってきた。ここらで一回整理しよう。スマホの最初の画面でも、中身が重いとか空き容量が少ないなどの注意がよく出る。写真を減らせば、だいぶ軽くできるはず。

メール画面の読み終わったメールを消していくようなノリで、次々と削除していった。

数日後グループラインの画面を開き仰天。「ヨウコがアルバムを削除しました」という文言が何十行にもわたって並び、最後に誰かの書き込みで「?!?!?!」と悲鳴を表す顔文字が。私のスマホの画面だけでなく、全員の画面から消えてしまった?

どうしよう。震える手で急ぎ入力。「申し訳ありません」。送信。「なぜこうなったかわかりません。本当に申し訳ありません」。皆さんのだいじな思い出写真を、後から仲間に加えてもらった私が勝手に消してしまうとは。空恐ろしさに熱を出し、半日寝込んだ。

覚めてから考える。終わったな。楽しかったサークルなのに、もう参加することはない。顔向けできない。「出禁」とか「追放」とかのしくみがグループラインにあるのかは知らないが、とても顔向けできない。このままフェードアウトするしか……。

しかしさっきの2行ですますのはよくない。「荒し」でないことを伝えたく「なぜこうなったか」云々と書いたが、言い訳めいていた。ただただ頭を下げるべき。昔ながらの詫びの作法に、菓子折り持って駆けつけるというのがある。今こそあれを。サークルの次の回を調べたら、幸いその週末に予定されている。この機を逃さじ。

紺のスーツに白のブラウスというお詫びの服装に身を固め、紙袋を提げて会場へ。公民館3階の練習室だ。開始の30分ほど前から集まりはじめるのが常。詫びる人が後から来ては、かっこうがつかない。1時間前から練習室入口付近に立って待つ。エレベーターが着くたび、動悸がする。

慰めてくれる人もいた。「ラインって少しずつ違ってややこしいのよね」。本当に、便利なようで難しい。私が今不安なのは、他のグループラインでも知らずに何かしでかしてはいないかだ。

こわくてさわれないメッセージや写真がたまっていくばかりである。

カタカナが増えていく

パソコンやスマホを使っているとカタカナの言葉がよく出てくる。「つまり、何をせよと？」と首を傾げるものも多い。

インターネットで探した資料を印刷するにも、最初はとまどった。印刷したいページはどうやって指定する？　「ページ」欄には「カスタム」という選択が。

コーヒー店での注文から「これだな」と類推する。注文時にミルク多めとかシロップ少なめとか、自分好みに増減する人がよくいるが、あのカスタマイズと解釈して。学校時代の英語のカスタムは「顧客」「慣習」。ずいぶん違う。

ショッピングサイトを騙る詐欺メールの「アカウントを停止します」も最初はピンと来なかった。昭和の学校英語ではアカウントは「勘定書」。その訳だと文意がチンプンカンプンなので放置していたら「クレジットカード情報を更新して下さい」とより端的に要求するメールが来るようになった。アカウントでは通じず無反応の人が少なからずいたのだろう。

スマホにはよく「キャッシュを削除して下さい」と。デジタル用語はなぜかお金関係が多いなと思っていたら、現金のキャッシュではなく、同音異義の別の語だそうだ。

先日はパソコンの画面に突然「このネットワークのプロキシ設定を自動検出できませんでした」と表示される。プロキシとなると、昭和の学校英語からは見当がつかない。とりあえずネットワーク関係なら通信会社だろうと、回線状況の自動診断をしたところ「問題を特定できませんでした」。

どちらも「でした」と過去形なのが途方に暮れる。「こちらで考えられることは全部しました（あとはそちらで）」と早々とそっぽを向かれてしまったようで。

頭を抱えていて気づいた。通信会社レンタルの宅内機器までは有線、その先は無線を中継器で飛ばしている。中継器の問題では。見ると中継器の差し込みが抜けそうになっていて、それにより接続が不安定に。プロキシ云々より「つないであるどこかが緩んでいませんか」と、これまた端的に指摘してくれればと思うが、詐欺ではないからそこまでの親切は期待できまい。

今さら聞けないデジタル用語的な本で勉強し、後は想像力で補っていくほかはない。

パソコンサポート

今の仕事をはじめて35年。うち15年がパソコンの使用前だ。ワープロは使っても、インターネットでつながっていないため、送るのは紙に印刷して、電話回線のファクスで。締切日は相手のファクスがえんえん「お話し中」。「持っていった方が早い」と足を運んで届けるという、飛脚のようなことをしていた。今となっては隔世の感だ。

仕事人生の途中でデジタル化。「旧世代が取り残されがち」「設備そのものがこれほどの通信量を想定していない。環境面の遅れをどうする」など私憤をときに公憤にすりかえながら、どうにか適応してきた。

この頃頻繁にやりとりするようになったのがＰＤＦ。印刷したときと同じ状態を保てる電子文書だ。校正刷りはほぼすべて。領収書、請求書、地図もＰＤＦで送り合う。仕事を離れても、取説、各種申請書、病院の外来担当医表、ジムのレッスンスケジュールまで。

そのＰＤＦが開けなくなった。画面の中央に四角い枠で警告めいた文が。「インターネット接続をご確認下さい、サブスクリプションのステータスを確認できません」。接続しているけど。無料版を使っていないで有料版を買うようにということ？　手続きへ進むと、すでに購入済みだった。だのになぜ？

デジタル弱者を決め込んではいられない。原因を突き止めよう。パソコンをあちこち触るうち、インターネット上の時刻と端末の時刻が同期していないと出た。腕時計を睨(にら)んで、秒まで合わせる。だのになぜ？　これは私の手に余るか。

思い出したのがマンションの生活サポートだ。親の介護のために買い、今は人に住んでもらっているマンションの管理組合で加入したばかり。居住者でなくても受けられる電話サポートに、パソコントラブル相談があったような。

資料を引っ張り出し電話すると、専門業者から折り返しかかる。電話をつないだまま、遠隔サポートで私のパソコンへ入ってもらう。

「時刻がどうとか言っていました」と話すと「あ、言っていますね」。でも時刻は合っているとのこと。いよいよ、なぜ？　原因究明に乗り出す業者。

はじめはひとつひとつ説明しながら。途中から無言になる。相手のマウスの矢印がめまぐるしくかけ回り、見たことのない画面が次々と。長年使ってきたパソコンだが「この中の1万分の1も私はさわっていないな」と思った。飛脚から出発した私である。馬しか乗ったことのない人間が、車の運転席にいるようなもの。それも相当に古い型の。

業者はかなりてこずっているようだ。「パソコンを買い替えないと無理です」と言われて終わりだろうか。「頭の中身を取り替えないと無理です」。客でなければそう言いたいだろうなと、半分あきらめていたところ「できました」。画面に向かって思わず拝む。

改めて資料を読めばこの電話サポート、医療相談、電気トラブルと、シニアにとってほんと、お助け。居住者には駆けつけサポートもあるのだ。家具移動、照明器具の交換。個人でもよければ加入したいほど。

それにしても時刻云々って何だったのか、謎である。

修理か、処分か

ステレオコンポが壊れた。正確には再生デッキが動かなくなった。久しぶりにCDでも聴くかと、挿入口のスイッチを押しても無反応。異常を知らせる信号に従い取説で調べると「回路の故障です。弊社の相談修理窓口までご連絡下さい」。

思い当たる節がある。ひと頃集中的にCDを出し入れした。担当していたラジオでかける曲の候補を、毎回いくつか挙げねばならず、音楽にうとい私は苦労した。家にあるクラシック名曲集的なCDを、出だしの10秒ほどかけては停止する「ひとりイントロ当てクイズ」みたいな作業を気の遠くなるほどくり返した。機器にもハードだったかも。

おおがかりなことになりそうだ。重くてデリケートな機器を梱包し送り、直して送り返されて。修理代もさることながら往復の送料プラス手間を思うと「そうまでして要るか？」という気がしてきてしまう。自宅より狭いホームに移る日を考え、家財を減らしていくのが今後の課題。そのタイミングで、かなりのスペースをとるこの機器を使い続ける選択をするのに、ためらいがある。

しかしステレオコンポのない家になるのもさびしいような。そうしょっちゅう聴くわけでなくても、壁の一部であり、室内風景の一部となっている。6年前自宅を改装する際も、スピーカーの高さや幅を巻き尺で測り、それに合わせて棚を作ったのだ。

音楽のまったくない生活になるのもさびしい。還暦近くなり、若い頃よくかかっていた曲がふいに懐かしく、80年代ヒット曲集のようなCDを結構買ってきたのである。同世代の人はそろそろ修理の局面を迎えているはず。どうしているか。

人に話すと爆笑された。「えーっ、ステレオコンポなんてまだ持っていたの!」。とっくに処分したという。音楽はタブレットとイヤホンで聴く時代。かさばる機器を家に置く意味がない。フリマ市場などでは、再生機器ではなくレトロなインテリアとして取引されているのだと。

「えーっ」。今度は私が驚きの声を上げる。80年代に青春を過ごした者にとってはラジカセからステレオコンポへ昇格するのが、大人の階段を上がることではなかったか。そういうものにお金をかけられるようになった、置ける程度の広さの部屋に住めるようになった証しとして。あの頃は異なるメーカーのデッキとスピーカーを組み合わせるのが通とされ「ベースを響かせるにはどこどこのがいい」「いや、スピーカーの下に煉瓦を敷くのだ」など熱い論議が交わされていた。

私の家にあるのは中年になって、詳しい人に選んでもらったものだが、その人も「定年後は子どもが独立した後の部屋を改装してオーディオ部屋にするのが理想」と語っていた。あの人たちは今？

もはや昭和の遺物なのか。黒電話やブラウン管テレビや応接間の百科事典セットと同様に。私という人間そのものが、生ける昭和の遺物なのだ。懐かしのあの曲が聴きたくてCDを買ってくるという発想からして、もう……。

修理、処分、どちらの決断もつかぬまま壁の一部であり続けている。

本を減らす

家にいる時間が長くなったのと還暦との相乗効果で、モノ減らしをかなり進めてきた。「これでもう処分するモノはないでしょう」。清々(すがすが)しく日々を送っていたら、あった、というか気づいてしまった。

本棚の一部が、ずっと動いていない。文庫本の棚だ。

めずらしい本ではない。漱石、鷗外、芥川、似た位置づけの外国の作家。小学校の教科書に載っていたり、子ども名作文庫のような本に入って図書室に置いてあったりしたものばかり。

子どもの私が授業なり放課後なりに、それらと出会い「雷に打たれたような衝撃を受けた」わけでは全然ない。タイトルは覚えていても、どんな話か忘れてしまったくらい。

本棚に残っていたのは、子ども向けでなく、ごく一般的に売られている文庫。大人になって買ったのだろう。

そうなるわけは推察できる。社会に出てから、あれらが何かの例に引かれ「えっ、そんなこと書いてあった？」と焦ることがしばしばなのだ。

しかもなかなかに真理を突いている。すぐれた仏師はノミで形を作るのではない、木に埋まっている形を掘り出すのだとか（漱石「夢十夜」）。一日に歩いた分だけ土地をやると言われ、欲をかいて頑張りすぎ、戻ったところで命尽きたとか（トルストイ「人にはどれほどの土地がいるか」）。

「使える」と言っては上から目線めくけれど、人に何かを伝えるときのたとえ話として有用だし、自分が考える際の役にも立つ。さすが不朽の名作だ。

「使える」箇所が他にもいろいろあるだろうから、読んでおいた方がいい。必要なときすぐ参照できるよう手元にないと。そう考えたのだろう。

発行の日付を見れば、ほとんどが昭和60年代前半だ。１９８０年代後半か。パソコンの普及する前。ネットでは調べられず、おのずと紙で持つことになった。

その紙がやけていること！　醤油で煮染めたような茶色で、もとが白とは思えない。親の遺品の蔵書ならまだしも、自分の蔵書がこうだとは。生きながら「年代物」になったのだなと、軽くショックだ。

そして字の小さいこと！　視力検査のいちばん下の字を指され「うーん」と眉が寄るような。眼鏡をかけてこうだとは。30年以上前に買った本。老眼はまだはじまっていなかった。

いくら「使える」ことが書いてあっても、こう読めないと、自分にとって有用とはもういえまい。

処分にはこわさがある。なんたって「不朽」。小学校のときに知り、今なおコミュニケーションや思索に資するもの。言語生活を支えるインフラの一部ともいえ、本棚からごっそりと抜け落ちるのは、危ういような。

「いや」と首を振る。そこは「不朽」。しかも、知る人ぞ知るではなく、誰もが知る名作だ。これからも繰り返し刊行され、そのときの私に読みやすい版を買えばいい。収入が心もとなくなっていたら、それこそ図書館で借りられるわけで。思いきって処分。

今回も悔いはない。久しぶりに手にしたのが、むしろよい刺激になって、読書意欲がわいている。

小さい字が読めなくて

若いときに買った文庫の字があまりに小さく、持っていたってもう読めないと、ごっそり処分。小中学校の頃よりタイトルだけは知っている本、社会人になってから警句的によく引かれ「そんなこと書いてあった？」と焦る本。いわゆる名作の類である。処分を機に「やはり読んでおかなくては」とかえって意欲を刺激され、新しく買い直すことにした。

ネット書店を見ると、さすが不朽の名作、私の買った文庫の後も、複数の会社から版を改め刊行されている。出版年月の新しい順に並べる。「試し読み」の機能がついているのでクリック。商品画像が、表紙、扉、目次、最初のページと進んでいく。

なるほど、この作品とあの作品を同じ巻に入れたのか。この作品は、私の前に持っていた文庫では、あのタイトルに訳されていたものか。訳者も違う。字はさすが大きく読みやすい。

収録作品や訳の異同を比べたく、別の文庫も「試し読み」していく。どれも字は大きく、私の家にあった文庫も……ん？

読者はとうにお気づきで、私の粗忽と理解の遅さに呆れておいでだろう。そう、「試し読み」の画像は、紙の本という商品の現物を写真に撮ったわけではない。紙の本を選択しても、電子書籍版のサンプルが表示される旨、画像の上の方にうっすらと出てくるではないか。紙の本の字の大きさは何ら反映していないのだ。

というか「字の大きい本」を買おうとする行動そのものが、おそろしくアナログなのだ。電子書籍なら、視力に合わせいくらでも拡大できる。自分の発想がいかにデジタル非対応であるかを感じた。

それでも電子書籍へは転じずに、紙の本で探した。仕事で一日じゅうパソコン、スマホ、読書までそうだと目が疲れる。姿勢も、端末操作とは別の姿勢をとれる方が、筋肉が凝り固まらなくてすみそう。ベッドで本を読むのが、私にとって至福のときだが、寝る前のパソコンやスマホは睡眠の質を下げるというし。

出版年月のもっとも新しい文庫を購入した。新聞の字がこの数十年でどんどん大きくなっているのは、ご存じのとおり。出版物全般がそうだと期待して。

届いた文庫は、んー、残念ながら……。前のよりは大きい。けれど私の視力では相当に環境を選ぶ。目の疲れのたまっている夜は難しそうだし、これから旅行できるようになっても、ホテルの暗めの部屋とか、振動する列車の中とかは無理。いずれも読みたいシチュエーションなのに。

「ゆくゆくは電子書籍かな」と思い始める。紙の本の中でベストな選択をしたつもりが、期待した結果を得られなかった以上、私のこれからの読書を支え得るのは。今だって、収録作品や訳の読みやすさは二の次に、字の大きさという物理的条件を最優先で、本を選んでいる。これってすでに読書の本然から、はずれかけているのでは。

目の疲れは、適した端末や専用のフィルムを使うことで、軽減できるという。場所をとらないよさは、つとにいわれるとおり。将来の選択肢として考えよう。

オーディオブック

「オーディオブックがあるじゃない」。字が小さく本が読みづらいと嘆く私に、知人は言った。そうか、目が衰えたら耳という方法があったか。

70代の知人は、入院中に人からすすめられ、半信半疑で聞いてはまったという。高校の授業で出てきた漢詩。教科書で読んだときは退屈だったが、ベテラン俳優が重厚な声と抑揚で朗読すると、水墨画さながらの景が脳内に立ち上がってきたそうだ。「これなら読めるかも」と、若いとき挫折したロシア文学の長編小説のオーディオブックを、退院後に購入したという。

似たようなことを言っていた人がいたな。その人が購入したのは、世界的ベストセラーになった文明史の本だ。各界のリーダーがこぞって絶賛。社会人として読んでおかねばと思うが、なにぶん上下の合本で650ページ超の大部である。「聞き流すだけなら、なんとかなるかも」とはじめたものの、聞いたのは最初の方だけ。今ではアプリがどこにあるかも、わからないという。知人の長編小説はどうなることか。

人のことを言っている場合ではなかった。私も同様の望みをかけたことがあった。30年以上前。英会話のあまりのできなさに危機感をおぼえ、「聞き流すだけで話せるようになる」というふれこみの教材を購入した。月に1巻カセットテープが送られてくるしくみだ。移動時間を活用すれば、1巻なんて耳にタコができるほど聞けるはず。

その先はご想像のとおり。最初の方こそ頑張ったものの、未開封のままたまっていき、やがて時代はカセットテープからCDへ。それでも「いつか聞くかも」と、専用ケース（という名のプラスチック製折り箱）に保管していたが、あるとき再生できる機器が家にすでにないことに気づき、処分した。もったいなかった。十何巻もあったのに。

わずかに覚えた会話も、残念ながら今となっては役に立たない。職場で新入りにファクスの使い方を教えるというもので「ここに紙を入れます」とか。

私はどうも周期的に向学心を起こす癖があるようだ。それはすなわち挫折の歴史にほかならない。

ウォーキングマシンによく乗っていた頃、「そうだ、この時間、目は暇だから読書ができるな」と思い立った。歩きながら本を読んだと伝わる偉人もいるし。

10分も歩かないうち、車酔い様の症状で、フラフラになってマシンを降りた。老眼はまだなかったが、乱視のせいか。

目が無理なら耳で、とはそのときも考えた。懲りずに買ってあった英会話の本の付録のCDを、CDプレーヤーに入れウエストポーチで装着したが、歩く振動でイヤホンが耳の中で激しく擦れ、音がじゃまで挫折。

ムダは多いが「読まなければ」という強迫観念のあるうちが華かも。向学心のかけらがまだ残っているわけで。

本を読むのは視力のみならず体力も要る。私も昔入院したとき、横向きに寝て本を半ばベッドにつけても、開いた状態を保持するだけで、これほど手が疲れるものかと驚いた。オーディオブックも、将来の選択肢に入れよう。

ペーパーレス化で狙われる

お金の出入りを管理するのも、少し前まで紙だった。カード会社から月ごとの利用額と明細が、郵便で来る。「残高は足りているか」と通帳を持って銀行へ。引き落としができなかったら、督促状がまた郵便で来て、振込に出向くという調子。

今はネットだ。メールで利用額を知らせてきて、クリックして明細へ。残高の方も、昨年から利用をはじめた家計簿アプリで確認できる。紙の通帳は、コピーを税理士に提出するので、当分併用するつもり。

先月末近くにもカード会社から利用額を知らせるメールが来た。その日現在で53万3746円という。「これって累計?」。ほとんどの買い物をネットですませる今、月額でそれくらいになる可能性もありそうだが「今月そんなに使ったかな」。明細はこちら、とURLが貼ってある。

クリックしたいが、送信者はA社。私のカードはネットショップの会社の発行で、カード会社はB社のマークが載っていた。A社のマークもあったっけ? カードの現物を見てからと思ううち、後回しになった。

翌日も同じメールが。文面は変わらず、金額だけ違う。65万3746円。ぱっと見、約12万円も差が。いくら何でも一日に12万円もの買い物は……。

「ん？」。二度見して気づいた。「約」ではない、ジャスト12万円だ。上2桁こそ変わっているが、下4桁の3746は前日とまったく同じ。

私の中の詐欺センサーがはたらきはじめる。この4桁が失策だったな。金額の規模感としては、なかなか微妙なところに設定しているのだ。リアリティーを保ちつつ、でもちょっと気になり、明細を確かめたくなる額。それらしい端数まで作り、芸の細かいようでいて、最後の最後で手を抜いてしまった。

メール中にある住所は、調べるとたしかにA社の所在地。だが、郵便番号をコピペで検索すると、まったく別の町名が出た。これは致命的。何ごとも詰めってだいじ……いや、騙す方の身になってはいけない。

騙される方の身になれば、A社のカードを使っていたらクリックしてしまいそう。文面の日本語は完璧で、メールの構成も、私がふだん受け取っているお知らせメールとほぼ同じ。不審を抱かせるものはない。もう何を信じていいのやら。ペーパーレス化に異議を唱えるものではないけれど、詐欺の目のつけどころにはなっていそう。

そんな折り銀行から、めずらしくはがきが来た。取引目的の確認が必要だそうで、URLまたはQRコードを案内している。期日までに手続きしないと、取引を制限される可能性があるとのこと。ネットショップを装ってよく来る「お支払いに関する重要なお知らせ」といったメールの脅しめいた文面に、よく似ている。

住所、氏名、生年月日といった個人情報中の個人情報から、年収、毎月の取引額、外国送金の有無などを、求められるままに入力しながら「これってメールで来ていたら絶対、途中で不安になって止めたな」。通帳まで有料化される中、あえて紙で来たのがわかる気がするのだった。

家の中まで海外の詐欺

国際郵便がわが家のポストにときどき届く。ショッピングサイトで購入し、海外からの出品だったものだ。初めは驚いた。封筒に印刷されているのは中国の住所。注文したときは、気づかなかった。配送まで日数がかかることは示されていたが、一時的な在庫切れで入荷待ちなのだろうと思っていた。

英語にも関税にも不案内なため、海外から物を買おうとは、かつては考えもしなかったが、知らないうちに取引している。グローバル化を家に居ながらにして実感する。

今ではしばしば届くことは冒頭に述べたとおりだ。危うさもある。購入したスポーツウエアの伸縮性が、商品説明から受ける印象よりも乏しかった。返品可とのことで、サイトの案内に従い送り返す。

後日そのまま戻ってきた。中国国内の住所が不明だと。そのときはもう返品期限を過ぎており、不良品とまではいえないこともありあきらめたが「もしかして詐欺だろうか」との疑念は残った。存在しない住所を知らせてきて、連絡も取れないところが怪しい。

わが家のポストに入るのは、忘れかけた頃とはいえ注文した品だが、まったく覚えのない国際郵便が投函されることもあるそうだ。何だろうと、書いてある番号に電話すると高額な通信料を取られる詐欺の手口らしい。

知人はパソコンで詐欺に遭った。画面から突然けたたましい音が鳴り響き、このパソコンはウイルスに感染しているとの警告文が現れる。ウイルス除去のためのソフトウエアの購入が必要とのことで、クレジットカードで支払った。一回きりのつもりだったが、以後毎月引き落とされる。解約したくても、たどり着くのが英語のサイトでよくわからない。詳しい人に助けを請うた。

助けた人によれば、これもよくある詐欺の手口。警告文からコールセンターへ誘導され、電話での案内に従いコンビニで支払うケースもあるそうだ。国民生活センターの「越境消費者センター」を検索するとさまざまな事例が出てくるという。振り込め詐欺はもはや親族を騙るとは限らないのだ。

経済のグローバル化と情報通信技術の発達により、国境を越えた物やお金の移動が容易になった。売り手には、海外の物流拠点や英語で対応できる人員がなくとも、販路を広げることにつながる。買い手が多様な品を簡便に求められるのは、私も感じているとおり。他方でリスクも伴うことを、心に留めたい。

デジタル弱者は強かった

知人の80代男性は携帯電話をスマホに替えた。ほどなくしてＳＭＳが来るようになった。文面からして送信者は、宅配業者やたまに本を注文するサイトらしいという。荷物を届けたが不在だったとか、支払いがどうだとか。「あっ、それ返信したらダメです。詐欺です」と焦る私。

幸い返信していなかった。予定されている荷物や支払いはないので「間違い電話」のようなものだろうと。

胸を撫で下ろすも、安心できない。思い当たることのあるタイミングだったら返信しかねないわけで。宅配業者や販売サイトがＳＭＳで連絡することは、けっしてないと説明する。

「しかし、なんで僕がそのサイトでたまに注文すること、わかるんだろう」。首を傾げる知人に「気にしなくていいです」。下手に探求心を起こし、クリックしてしまうと危ない。向こうはこちらが何者かなど知らず、当てずっぽうでかけているだけ。とにかく無視する、その限り個人情報が漏れることはないと、重ねて説明。

「この前、留守番電話には返信してしまったな」と知人。移動中のため出られず、ご丁寧にもかけ直したそうである。相手は、旧公社である通信会社の子会社を名乗った。未払いの料金が何十万かに上るが、自分たちに任せれば5万円ですむと。典型的な振り込め詐欺だ。無防備というか無知すぎる。

そんなに長電話した覚えはないと知人が言うと、たぶんスマホのどこかをさわってしまい、つながったままになったのだろうと先方。「そうかも」と知人は思ったという。スマホに不慣れな自分には、あり得ると。

私は義憤にかられてしまった。知人は判断力、言動ともに立派な人だけど、世代的にはデジタル弱者だ。シニアの弱みにつけ込むなんて！

「そうかも」と思った知人は答えた。ちょうど同窓会に行くところで、弁護士の友人も来るから、誤操作による料金はどうなるのか、相談してみると。すると電話は切れてしまった。

疑うことをしない知人。そこでもう一度かけ直したという。友人に相談する上で、状況をより詳しく知る必要を感じたのだ。「さっきの話だけど」。言うが早いか切れ、次は着信拒否になっていた。

「しかし、なんで僕がスマホに不慣れなこと、わかるんだろう」「気にしなくていいです」。なおも疑問にとらわれている知人に繰り返す。向こうは何もわかっていない学生バイトみたいな手下に、片っ端からかけさせているだけだからと。

「学生バイト」と口走ったのがいけなかった。知人は急に憤然とし「いや、気にすべきだよ」。世間知の少ない学生を詐欺に加担させて、心を汚すようなことを許してはならない。コロナ禍で飲食店のバイトが減り、困窮しているところへ持ってきて、と。

頭(こうべ)を垂れた。自分に被害が及ばなくても、若者がつけ込まれていることに、シニアとしては義憤を感じるべきなのだ。正しい、そして強い……。

詐欺SMSを受け取った経験が知人よりちょっと多いからといって、教え諭すような態度をとったのを、深く恥じたのであった。

ワークスペースの探し方

住まいのある建物で工事がはじまることになった。お知らせ文書によれば、平日の9時から17時、期間はひと月余り。最初の3日間は解体のため「騒音が出ます」と予告されている。在宅ワークの身としては、日中どこかへ退避しよう。

工事でなくてもさまざまな理由で、自宅以外にワークスペースを求める人はいよう。場所探しの体験をささやかながら記したい。

原稿を手書きしていた昔は、気分転換のため筆記用具持参であえて喫茶店へ行くことがあった。が、9時から17時の8時間となると、喫茶店を転々とするのは限界が。座席間がもともと狭く、疲れてくると周囲の会話やBGMが耳につきそう。空調が季節外れの冷房に突然変わることもある。カラオケボックスならば個室。が、句会で数回利用して、意外と音もれすると知った。粛々と短冊と向き合っていると、ふいに絶叫系の歌声が。防音仕様ではあるのだろうが、静かに利用する客を想定していないのでは。

マンションやオフィスビルの一室を貸し出すレンタルルームなら、他者が気にならず空調も自分次第。家の近くで調べると1時間1000円くらいから。空間の質を思えば喫茶店よりコスパはよいが、×8だといっそホテルがよりよくないか？　このご時世、テレワーク向けのデイユースプランがあるのでは。

「東京、テレワークプラン」で検索すればある、ある、価格はぱっと見4500円から1万円。ありすぎて迷うが、読むうちに法則性がつかめてきた。価格の差のつき方は宿泊のときと基本的に同じ。シティホテルよりビジネスホテルが、部屋は狭いほど安い。

難しいところだ。旅行なら「たまのことだ、のびのびしよう」と多少奮発してもいいけれど、仕事の場。環境はだいじだが、生産性と比較するとシビアにならざるを得ない。それだけの労働を、いる間に自分はするか。ちなみに4500円を切るプランは詳細をよく読むと、短時間のものが多い。

価格の法則で見落としがちなのは、競争原理がはたらくか否か。都心でビジネスホテルの多いところだと、高品質の枕やコーヒーの無料サービスなど、多彩で選択の幅が広い。反対にビジネスホテルの少ない住宅地だと、郊外でも割高感がある。私の家の近くはまさにそうで、客室写真に「えっ、この部屋で1万円？」。プランの提供を12時以降に限っていたりベッドの利用は禁止だったり、概して強く出ている。寝るつもりはないけれど、ちょっと背中を伸ばしたいとき、すぐ後ろのベッドにひっくり返れないのは、気持ち的にきゆうくつそう。

価格と質が見合うと感じるのは、電車で30分ほど乗っていく都心のビジネスホテルだ。予約しかけてふと思う「それだとほぼ通勤だな」。コロナ前ほどの満員電車でないにしろ、出勤退勤で混む時間帯、パソコンや資料を入れた重い鞄（かばん）を提げていくのも……。会社に机のある人だったら「これなら会社へ行く方が、荷物が少なくてすむし、快適かどうかは別に慣れた環境だし、第一タダ」と思いそう。

利用した体験は次頁以降にご報告する。

ホテルで仕事をしてみたら

住まいのある建物の工事に伴い、ビジネスホテルのテレワークプランを予約した。「騒音が出ます」と予告されている日の9時から17時。

自宅以外のスペースで長時間仕事するのははじめてだ。不慣れな環境で、集中できるかどうか不安がある。前の晩も持ち物に遺漏はないか、幾度も点検。電子辞書は入れたか。あの資料も必要になるかも。電車で30分かかるところ。おいそれとは取りに帰れない。昔、原稿を手書きしていた頃、気分転換のため喫茶店へ行き、書き出していきなりシャーペンの芯が折れ、スペアがなく、コーヒーを飲んだだけで、すごすごと引き返した。あの二の舞にならぬよう。

点検で遅くなり、当日は寝過ごした。9時になる。ホテルに電話しなければ。それにしても「騒音って言うほどでもないじゃない」と思ったら、頭上で道路工事でもはじまったかのような音と振動が。予約した意味があった。

通勤とは逆方向の電車に乗る。下車駅で朝のコーヒー、昼のおにぎりとお茶を買い、大荷物でチェックインした。

８畳間ほどのシングルルーム。壁を向いたデスクのリモコンやチャンネル案内を片寄せ、仕事道具を広げる。目の前が鏡なのはつらいものが。クリップと布か何かを持ってくればよかったな。

静かな空間。集中できることはできる。仕事以外にすることがないので。でも続かない。何と言おうか、他に逃げ場のない閉塞感。

客室に不満はないのだ。コストと生産性を考量し、この狭さを選んだ。話し声やＢＧＭに煩わされず、エアコンを自分で設定できるのだから、お釣りがくるくらい。集中しすぎかも。首を回すと、凝っている。磁器ネックレスを持ってくればよかったな。おにぎりでも食べるか。早すぎない？　まだ11時台である。

実はこうなる可能性を考え「保険」をかけておいた。このホテルは、利用できるジムの店舗がそばにあることから選んだ。ダンスフィットネスのクラスが９時から17時の間にあることも調査済み。そのシューズやウェアもあり、大荷物となったのだ。今こそ行くとき。せっかく持ってきたのだし。

ふだんは仕事後の夜に行くところを、逆にして昼に。ひと踊りして戻り、再びデスクに向かうも、その先の長いこと。ほぐしたはずなのに、腰が痛い。もともと椅子がデスクワーク用にはできていないのだ。チタン入りの貼り薬を持ってくればよかったな……って、どれだけ大荷物になるのか。快適をめざしたら。

在宅ワークではなんだかんだ動き回っている。集中力が切れそうになったところでお茶を入れに。続けたいときでも宅配便が来たり、洗濯機の脱水終了のブザーが鳴ったり。たびたびの中断に「もう！」となることもあるけれど、ちょこまかと立ち歩くのが、いかにリフレッシュになっているかがわかる。会社で言えば、外出までいかない「離席」だろうか。

ふだんの場所の居心地を確かめられたのはよかった。いざとなったらこういうプランがあると知った上で、当面は家で耳栓して働こう。

大人の居場所、百貨店

月に1回通っている仕事先への道の途中に、百貨店がある。先日久しぶりに中へ入った。祝儀袋を買いにエレベーターで上り、戻りはエスカレーターで下りてくると、婦人服のフロアに見覚えのある店名が。「あの店、ここにあったのか」。

自宅近くの百貨店でときどき行った店である。そこから退店した後は遠ざかっていた。寄ってみると変わらず好み。ギンガムチェックや刺繡が、レトロ趣味な私の心をつかむ。前に着すぎて生地が傷み、さすがに処分したシャツブラウスとよく似たものもある。2点購入してしまった。

百貨店で服を買うなんて、いつ以来だろう。コロナ禍の最初の頃の休業、続く時短営業で、習慣が絶えていた。その間まったく買わなかったわけではない。必要に応じネットで求めていたけれど、こうして売り場で現物に触れると、また違う。開放的な空間、きれいなディスプレー。ネットにはないリフレッシュ効果と多幸感だ。「ご配送も承ります」といった丁寧な接客も安心。

いやー、百貨店はやはりいいと再認識したところへ「実はもうじき閉店となります」。「えっ、そうなんですか！」。退店ではなく、この百貨店そのものがなくなるとのこと。

驚きだ。駅ビル内の百貨店の閉店に続いて、ここも？

何かと頼りにしていた。仕事の前後に人と会うときは、この中の喫茶店で。初めて来る人でも間違えないランドマーク的な建物だし、テーブル間の距離もとれて、改まった話に向いている。

仕事の前後にひとりで食事をとるにも便利。ランチのコースはおおげさすぎるが、単品ならば。たまーに食べたくなる握り寿司や鰻など、専門店は行く機会がないけれど、百貨店ならふらりと入れて、期待を大きく外れない程度の満足は得られる。そこまでの時間のないときは、地下食品売り場でおにぎりを買ってイートインスペースへ。街中の不案内な店よりも、その方が落ち着けるのだった。

ああ、それもコロナ禍以前。コロナ禍で面会も外での飲食もしなくなり、ショッピングについても上述のとおり。私のような客が例外でなければ、閉店もやむを得まい。

昭和の人間は百貨店に思い入れがある。屋上遊園地やお好み食堂が、記憶のアルバムにある人は多かろう。私はアイスクリームに添えられていたスプーンが印象的だった。家のスプーンは大小どれも楕円に近い形だったのが、四角に近かった。子どもにとって夢の場所であると同時に、大人の生活文化や消費スタイルに触れる窓。

働きはじめてからは、出張先の知らない都市で変に時間ができてしまい、居場所を探しづらいときも、百貨店に入ってしまえばなんとかなる。百貨店は大人を拒まず、裏切らない。

年をとっていくこれからは、身動きしやすい広々したトイレや、エスカレーター脇のちょっとした休憩椅子や手荷物の整理台が、ますますありがたみを増すと思っていたのに。

嘆いてもはじまらない。買い支えられなかったことを悔やみつつ、感謝して送ろう。

昔になりつつあるけれど

近所の用事にいこうとした知人は、買い置きのマスクが尽きているのに気づいた。誰かと立ち話するかもしれず、着けていく方がいい。家の中を探すと、あった。未開封の布マスク。コロナ禍の始まりの頃全世帯へ配布された、通称アベノマスクである。

着けてみた知人の第一の感想は「涼しい」。厚みはあるが小さいし、鼻の脇に隙間ができる。鼻に合わせてしっかり折り、顔の三分の二をおおう不織布のマスクに慣れた身には、風通しよく感じられたという。

私の家にもどこかにあるはず。届いた頃は、マスクがすでに入手しやすくなっていた。その上、布はウイルスを防ぐ効果が乏しいため、不織布を推奨するといわれ、着ける機会がなく過ぎた。アベノマスク。早くも昔だ。

「そんなものがあったな」と半ば忘れ去っていたものもある。ココアもそのひとつ。感染を登録した人と接触の可能性があるとスマホに知らせてくるアプリだ。アプリ全般に不慣れな私は、スマホに入れていなかった。早々とダウンロードしていた知人は、自らの感染を登録。接触の可能性が100％ある同居家族の誰にも知らせがなかったことから「意味がない」と思い、以来使わず、スマホの中のどこへ行ったかもわからない。後で知ったところでは、接触しても通知されない状態が、利用者の３割に対し４カ月間続いていたそうだ。

未知のウイルス、生きている人のほとんどが未経験のパンデミック。対策をとりながらわかっていくこともあり、はじめから完全は求められないが「それにしても……」の感がある。

コロナ禍では、デジタル技術の活用の遅れが露呈したといわれる。この分野で「そんなものがあったな」と後々振り返られることになりそうなのがハーシスだ。感染者の情報を集約するシステムで、当初は入力する項目が120にも上った。段階的に減りはしたものの、医療現場への負担が、全数把握を見直す一因となった。電子カルテとの連携が進んでいれば、入力に要する手間と時間をもっと少なくできただろう。

「そんなものがあったな」と回顧談ですませてはいけない。多額の公費が投じられている。思い出話とならぬよう、検証のゆくえを見守っていきたい。

面倒で、つい

マスク着用の考え方は、段階的に変わってきた。屋外でも対人距離に応じていたのから、屋外では原則不要、屋内でも2メートルをめやすに人との距離がとれ、会話をほとんどしないなら不要に。政府が示すものである。屋外でまだ着用している人について、思考停止とか同調圧力の表れとかとする言説も目にする。

着用の考え方に異を唱えるつもりはなく、言説も理解できる。マスクをして道路をひとり歩きながら「今の私を通りすぎる車から見れば、評されているとおりに見えるだろうな」と思うことはよくある。同時に、評する人の一日はどういう動きで成り立っているのだろうかとも。複雑な事は避けるか先延ばしかにしたい、ひらたく言えば「面倒」という視点が、それらの考え方や言説には入っていないと思うのだ。

この瞬間の私は屋外にひとりだが、またすぐに、着用がめやすの屋内へ入ることがわかっている。それまでの間外すことはできるが、両手に荷物だったり、不安定な体勢で外すと落としそうだったりして「なら、つけたままでいいな」となる。

外す不都合もある。メークをしていると、マスクで擦れる部分は塗ったものが剝げている。その部分だけそもそも塗っていないことも。

心理的な「面倒」事もある。マスクはよくも悪しくも表情を消すことが、コロナ禍でよくわかった。感情は顔に出るものだ。マスクで顔のほとんどが隠れれば、抑圧せずニュートラルでいられる。

長きにわたるマスク生活。はじめは不便でならなかったが、生きる上では慣れが必要で。努力して適応し、顔の全部をさらす方に軽い抵抗感をおぼえるようになった。その間、歳月は顔にも経過した。コロナ禍前からの知人とノーマスクで会ったら、お互い口には出さずとも「年とったな」と思うだろう。コロナ禍以降の知人なら「想像した顔と違った」と。歯並び、唇の厚さ、顎の長さなどの印象は大きい。

老化も顔の特徴も事実なので、どう思われても構わない。が、相手のとまどいに気づかぬフリをし、こちらもまたとまどっていないフリをするのは、ささいなことながら、それも心理的に「面倒」。

この冬はインフルエンザが流行すると聞く。そのうち風も冷たくなる。私の「脱マスク」はまだ先となりそうだ。

キレイの後退

秋冬の服の広告がパソコンによく現れるようになった。前に購入したアパレルのオンラインショップから。

この秋はさすがに出かける機会が多くなるのでは。感染者数が増えても行動制限はもうしないようだし。黒のドレスで行くような華やかな集まりはまだまだでも、研修など堅めの場に出ることになったとき、困らない服はあった方がよさそう。

広告のショップを覗けば、目的にかなうワンピースがちょうどある。地味な色ながら微光沢のある生地が、そこそこフォーマル。ウエストのくびれていないのが、巣ごもりの長い身に助かる。それでいて妊婦ふうでないのは、画像の人がベルトでうまく調節しているのだろう。ベルトは付属しておらず、別商品となるらしい。それは買わず、あるものでなんとかするとして。

サイズは前にこのショップで買ったワンピースと同じでいいか。その後に別のショップで買ったジャケットとのバランスは。鏡の前で着てみることにした。

その先はご想像のとおり。違和感に愕然とする。サイズはだいじょうぶなのだ。ただただ似合わない。

見慣れないためだろうか。巣ごもりの間ほぼ、綿のシャツブラウスで過ごしてきた。それが自分像となり、鏡の中の私は借りてきた服を着ているよう。

顔つきや姿勢などがおのずと「綿シャツ仕様」になっているのかも。安易な生活スタイルを戒めるのに「ジャージーばかりで過ごしていると、ジャージーしか似合わない人になっていく」とよく言われるが、真理だったか。

「画像の人のようにベルトを締めればどうだろう」。クローゼット内を探し、この家にはもはやベルトが1本もないと知る。ゴムウエストのパンツの日々には、たしかに不要だ。「ウエストのあるスカートだと、どんなふうになるのだろう」。クローゼットの奥から、いつ以来かわからぬくらい久しぶりに出し「はく」ってこういうことだったかと思った。胴の周りを、固めの生地が囲んでいる感覚。和服の帯に似ていそう。ゴムウエストすら締め付けを嫌い、XLを選んで腰にひっかけている私である。

「それにしても」。ジャケット姿を改めて見れば、服と顔の乖離（かいり）がひどい。家だからノーメイクは仕方ないとして「せめて口紅を引くとどうなるか」。試そうとして、口紅まで1本もない家であると知った。そういえばいつだったか、油が酸化しているのに気づき、まとめて処分したような。メイクを怠っていた歳月の長さ。

髪もひどい。唯一頻繁に通っているジムで速攻で洗っては、生乾き状態で風にあおられ帰ってきたときのまま。この髪と顔の前には、いかなる服も買う気が失せる。鏡で自分を見ることが、購入の何よりの抑止力となる現実。

コロナ禍の影響による、高齢者の心身の衰えが懸念されているが、美の面の後退もあるのでは。美を保つことにつながる行動が減っている。ある程度の年になると、キレイな人とはキレイに「している」人なのに。

秋冬の服は、フルメイクして髪も整えたとき、検討し直すことにした。

ダウンの寿命

黒のダウンコートを冬はよく着る。そのへんまで出るのにさっと袖を通せる軽さに加え、黒だとやや改まった場所へも行けて、とても重宝している。

けれどもっとも寒い時期に着たとき気づいてしまった。「温かくない……」。腰回りがすうすうし、肩先は冷気が刺すようだ。

コートの上から肩にふれると、骨の形がはっきりわかる。中わたが重力で下がったのか、二枚重ねになった布だけ。

帰宅後吊し、表裏から手で挟むと、どこも薄くて弾力がない。買ったときを羽毛布団とすれば、せんべい布団になってしまった。

手入れは怠らずにきたつもり。ダウンを長持ちさせるための注意は、ひととおり守っている。まめに埃(ほこり)を払う。雨や雪に濡れたら拭き取る。風通しのよいところに干す。ただし夜は干さない、湿気を吸うので。脱いだら置きっぱなしにせず、ハンガーにかける、ダウンがつぶれないように。

シーズンが終わるとクリーニングへ。家でも洗えると聞くけれど、洗濯下手の私は前のダウンコートで失敗した。脱水して取り出すと、ステッチの囲むひとマスずつの端っこに、羽毛が片寄りほぐせない。

そもそもダウンが温かいのは、羽毛がふっくらと空気を抱え込むからだ。羽毛が絡み合ったり、湿気を含んでしぼんだりすると、へたってしまう。

再生する方法を検索すると、洗濯乾燥機を使う、と出てきた。ただし生地を傷めるおそれがあるので、おすすめしないという説もあり、賭けにはなる。回転するドラムの壁に繰り返し打ちつけられる不安から、布団乾燥機で代用することにした。

仰向けにコートを寝かせ、ファスナーを閉じる。裾も洗濯バサミで留めて、襟元から温風を入れると、おお、ふくらむ。みるみる立体的になり、イベント会場などにあるエア人形のように起き上がりそうなほど。熱しすぎないよう、15分で止める。

着てみれば、別物のようにふっくらとして温かい。まるで袖付きの羽毛布団だ。

残念ながらそのときだけだった。次に着ると、ひんやりしたせんべい布団に戻っていた。

調べればダウンの寿命は3、4年という。私は正確には覚えていないが、これを着ていたいくつかのメモリアルなシーンを思い出せば、15年はゆうに経っている。いくら手入れにつとめても延命には限界があるのか。

若いときほど活動的ではなくなっている私。耐用年数が来たといっても、服がはでに破れたり、擦り切れたりすることはないのだ。重宝なコート、まだまだ着たい。

「いや」。首を振る。自分は目が慣れてしまってわからないが、見る人には限界があきらかなのだろう。生地のくたびれ具合といい中わたの下がり具合といい。何よりもダウンで「温かくない」のは致命的だ。

シーズンが終わったらクリーニングにもう出さず、感謝してお別れすることにした。

これからも履かない靴

掃除のために玄関のシューズボックスを全開して気づいた。ここはまだ片づけの余地が大。モノを減らすことを進めてきたが、ふだん目につきにくいシューズボックスには、処分できるものがかなり残っていそうだ。

「なんでこんな靴を買ったのだろう」と謎に思うようなものはないのだ。色は使いやすい黒系統か茶系統で、形もごくふつうのパンプス、ブーツ、スニーカー。その範囲内で用途別に数種類ある。ブーツを例にとれば、長めと短め。ヒールはいずれも3センチ以下で、その中にもやはり高めと低めが。

この数年はほんの一部しか稼働していない。スニーカーばかり履いている。コロナ禍以降出かけるのは近所のスーパーかジムという暮らしが定着。たまにそれ以外のところへ行くにしても、スニーカーは昔の「運動靴」のイメージと違って、履いていい場所が増えた。私の持っているのは革のスニーカーで、今や「足が楽な革靴」の位置づけである。

パンプスを履く機会はそのぶん減少。ブーツも脱ぎ履きが面倒なため、ついスニーカーとハイソックスで代わりにしてしまう。

ずいぶん履いていない靴であっても、処分にはためらいがある。状態は悪くないのだ。買ったときによく付いてくる「長く履いていただくために」といった注意書きのとおり、ひとつを履き続けず、休ませて。靴の中は蒸れやすいので、脱いだら紙を丸めて入れて、汗などを吸わせる。中敷きは外してまめに洗濯。外側の汚れは拭き取って。そのように保管し、10年もの、いや、15年以上のものもある。

パンプスはないと、何かのときに困る。ブーツも、ハイソックスではやはり寒かったり、重ね着によるパンツの裾のもたつきを隠したかったり、あって助かったことが実際にある。この先また、同じようなことがないとも限らない。

服の処分のときと同じ迷いになってきた。「まだ着られる。いつか着るかも」ならぬ「まだ履ける。いつか履くかも」。

服のときは「着てみる」のが迷いを断ついちばんの方法だった。ならば靴も履いてみるのみ！

履くと迷いはただちにふっ切れる。足が痛いものは、まず、もう履かない。自宅にいることが多かったせいか「狭い」と感じる靴が結構ある。幅はよくても底が固くて、床に当たると響くのも処分。底のクッション性が衝撃を和らげるスニーカーに慣れてしまった。

棚に収まっているときは、状態が悪くないようでも、履くために仔細に見れば、古びているものだ。履いた回数や保管方法にかかわらず、経年のためどうしても劣化するらしい。詰め物をしても伸びきらないしわ。乾燥による革のひび割れ。靴底のポリウレタンの壊れ。

処分によりいっきに、シューズボックス内にゆとりができた。靴はかさばるものだけに、減らすことの空間への効果を実感できる。日頃の片づけからもれてしまいがちな場所だが、おすすめだ。処分の際は、頭で考えて悩まずに「履いてみる」ことを併せておすすめする。

背中が丸くなってきた

　年を感じさせる要因のひとつはこれか、と思った。新型コロナワクチンの集団接種会場で、同世代の人と並んでいて。受付、問診、接種へと、列は少しずつ進んでいく。その立ち姿、歩く姿が老けて見える人とそうでない人とがいる。

　姿勢だ。服装や髪は若作りしていても、背中が丸く、顎が落ちていると老けて見える。

　私もその例にもれない。周囲に鏡はないが、私は長身で、長身の人は背中を丸めがちといわれる。

「気を抜いていると、おのずとそうなるだろうな」とつぶやく。意識して背中に力を入れ、顎を引くようにした。

　そんな私にジムでパーソナルの指導を受ける機会が訪れた。お試し券をもらったもので、パーソナルとうたうとおり一対一で、その人に合ったストレッチやトレーニングを提案するという。お願いすることにした。

　指導に当たったのは、ポロシャツとトレパン姿で明るい感じの女性。飛んだり跳ねたりしない全身運動を教えてもらう。足を少し広げて立ち、両膝を軽く曲げる。上体を少し倒し、一本の棒を膝の両脇で握り、腰のあたりまで引き上げる。

それだけのことが、なかなかできない。棒が重いわけではまったくなく、持っているかいないかわからないほどだが、正しい姿勢をとれないのだ。

「胸を張って！」。張っています、日頃から背中に力を入れていますから、と私の心の中の声。「もっと張って」。だからめいっぱい張っていますって。

「失礼、肩にさわります」。指導員が両肩に手をかけ、ぐいと後ろへ。えっ、こんなに開くもの⁉

指導員によると、私は巻き肩の傾向にある。肩が本来の位置より前になり、内側へ巻き込むように閉じぎみになっているとのこと。それも老け見え要因のひとつ。私が日頃からつとめているのは、背中のいわば縦の線をまっすぐに保つことで、対して巻き肩は、横の線が丸くなる。片方だけ伸ばしているのは無理があるので、縦方向もしだいに丸くなっていくと。

「おのずとそうなるだろうな」。再びのつぶやきだ。巻き肩はスマホやパソコンを長時間操作する人に多いというが、家事そのものが、掃除洗濯、炊事、ごみ出しと、うつむいて腕を前に出すものばかり。胸を反らすなんて、物干し竿に布団をかけるときくらいか。

横方向の丸みも意識するようになった。乗り物に何もせず座っているときも、気がつけば肩が内側へ入っていて、はっと修正。隣はおらず、誰に遠慮する必要もないのに、なんでわざわざ「肩身を狭く」して生きているのだか。

ときどきはストレッチ。腕を後ろで組んで、ぐうっと伸ばす。胸の筋肉がいかに縮こまっているかを実感する。

老け見え改善のため、コツコツと続けていきたい。

隠せたけれど

新型コロナウイルス対策のマスクについて、着用の考え方がまた示され、屋外と屋内とを問わず「個人の判断」に委ねられた。マスク警察という言葉をひと頃よく聞いたが、この先は、自分と異なる「判断」の人に懲罰的な思いを抱かない、心の態度が必要になる。脱マスクへ馴化（じゅんか）していくプロセスのひとつといえる。

私は当分は着用しそう。感染リスクの判断に基づくものではなく、習慣を急に変えることの難しさからだ。

マスク生活の始まりは突然だった。仕事先の建物にマスクなしでは入館できなくなるなど、否応なしに始まった。不便、不自由を乗り越え適応し、続けること3年間。再適応の難しさを感じている。

マスクはもともと身体の健康管理のためのものだが、対人心理にも深く関わる。顔は社会との接点だ。顔の半分以上を隠す生活を送ってきた3年間の影響は、小さくない。

隠してきたもののひとつは、造型上の特徴だ。マスク生活以降に知り合った人は、私が外したらおそらく「思ったより顔の長い人だ」と感じるだろう。いわゆる印象ギャップである。ほうれい線の深さ、歯並びなど、他にもいくつかのコンプレックスが私にはある。お互い様と割り切ればいいのだが、あらわになるのをできれば先延ばししたい。

十代は今の私よりもっと感じやすい年代、卒業式は着けずに出席することを、政府は基本方針としたけれど、外したいと望む児童・生徒ばかりではないだろう。彼らもまた、それぞれの判断を持つ「個人」である。

隠してきたもうひとつは、表情だ。当初はコミュニケーションのとりづらさを感じた。自分の言うことが届いているか不安で、つい力んでしまったり、口を動かすのに伴い皮膚がマスクに擦れ、かぶれてしまったりした。

やがて慣れ、むしろ安心な面もあると気づいた。疲れていたり、相手の話に違和感があったり興味がなかったりするとき、マスクの下では笑みをたたえなくていい。社会生活上求められる表情を保つ緊張から、前よりも自由でいられる。その楽さをおぼえてしまった。

いつまでもマスク生活を続けられるものではないと承知している。花粉の季節が過ぎ、日によっては汗ばみ、暑苦しさをおぼえたあたりが、外しどきか。その後はインフルエンザ対策のマスク同様、感染リスクがあると判断したら着けることになっていきそうだ。私の脱マスクへの移行スケジュールの予測である。

マスクの下で進んでいた

知人が古くからの友人と、久しぶりに飲食店に入ったそうだ。コロナ禍以降初めてのこと。マスクをとるなり友人が、

「あれっ、あなたそんな顔だった？」

次いで言うには、

「マスクの下でたるんだんじゃないの」

きつい。知人から聞いた私は、自分が言われたように身にしみる。親しい仲でも遠慮がなさすぎる……。

正直な感想なのだろう。そして今私がおそれているのは、まさに友人のセリフである。世の中は脱マスクの流れにあるのに、「待っていました」とばかりに外す気になれずにいるのは、知人の友人と似たような反応が予測できてしまうため。口に出す人はいなくても、必ずや思うだろう。

マスク生活の3年間に縁のできた人もいる。その人たちは私の「ほんとうの顔」を知ら

ない。例えばこの間に入会したジムの人は全員そうだ。

ジムのレッスンの先生とは毎週のように顔を合わせる。あるとき先生がマスクを外して水を飲む瞬間を目撃し「思ったより顎が頑丈そうな人だ」と意外だった。同様のことが私に対しても起こり得る。

マスク生活前の私を知っている人もまた、印象の違いにとまどうだろう。「たるんだ」との友人の指摘は痛烈で、マスクの下で3年分加齢している。頬は下がり、ほうれい線は深くなっているはず。

加えて、マスクで隠れていると筋肉の緊張を保てない。人に顔を見せるときは、不機嫌そうではいけないと口角を上げる努力をしていたが、マスク下ではつい気が緩む。

これらの事情は皆に共通で、いわばお互い様である。私の個人的事情を言えば、この3年で歯並びが変わった気がする。前歯と前歯の隙間が、より空いてきた。

かかりつけの歯科医にかねてより指摘されているのは、私は舌を前歯に押しつける癖があり、そのままだと隙間が広がっていく。舌は本来、前歯の付け根より奥に当てておくべき。口角を上げておくこと同様、私にはかなり努力が必要。ときどきは思い出すが、続かない。

「寝ている間つけておける矯正器具のようなものがあれば、作りたいです」

と言うと、それよりも起きている間の癖を直すのが先決とのことだった。舌の力は矯正器具でかかる力よりずっと強いからだそうだ。

私としては、せめて夜だけでもつけて、昼の間にかかる力とプラスマイナスゼロとは行かないまでも、隙間の広がりの進行を少しでもくい止められたらと、思うのだが、歯科医の考えでは、順番が違うらしい。

舌の位置の癖のほかに嚙み癖もたぶんあるはず。顔の左右差の拡大も進行しているだろう。

脱マスクに向けて付け焼き刃的にいろいろ意識するようにしているが、どうなるか？マスクをとるとき、どきどきしそう。

外して初対面

マスク着用が個人の判断に委ねられて以来、通っているジムも様変わりだ。集まって運動するスタジオレッスンでは特に厳しいルールが、コロナ禍の間ずっと布かれていた。マスク着用は絶対、鼻出し、顎出し、声出しも禁止。ディスタンスを保つべく、立ち位置を示すマークが床に貼られ、感染者が出たとき連絡をとれるよう、参加者のリストに記名する。

マスクの任意化に伴って、リストは廃止、立ち位置のマークも消える。レッスンが始まるまで気詰まりなほど静まり返っていたスタジオにも、会話の声が聞かれるようになった。相手は飛沫への警戒心が強い方か、感染リスクと関係なくそもそも人と交わりたくない方かを推し量りつつ、私も少しずつ。

マスクを外す人はまだ少数だ。私も引き続き着用している。今のジムはコロナ禍の最中に入会したところ。誰も私の「ほんとうの顔」を知らない。いつかは外すだろうけど、花粉症の時期でもあり、「全顔デビュー」はもうしばらく先延ばしするつもりだ。

スパエリアでは外す。そこかしこに貼られていた「会話厳禁」の注意書きもなくなっている。

洗った髪をゴムで小さく結わえて浴槽へ。浴槽には、タオルをターバンのようにして髪をまとめた人がひとり。かつてはこういうとき、浴槽の隅と隅に離れ、息のかかるのを避けるように互いに顔をそむけたものだが、今は自然な体勢で湯につかれる。

目が合ったのを機に、言葉を交わす。コロナ禍のジムについてだ。

「ここはストレスが少なかった方じゃないかしら」とその人。その人の聞いたところでは、よそのジムではレッスンが予約制で、予約がなかなかとれないため、退会してここへ移ってきた人までいるそうだ。私もまさにそのパターン。

「私はAから電車でわざわざ通ってくるの。言うと皆に驚かれるけど」。隣県の駅の名をその人が挙げる。「Aからのかた、他にもいらっしゃいます。レッスンでお会いしました」。私が言うと「めずらしい。何のレッスンに出ていらっしゃるの」「今さっき終わったダンスフィットネスです」。

その人は一瞬詰まり「それ、私」「えっ……」。まじまじと見つめ合ってから「し、失礼しました、髪型が違うもので」。言いつくろったが半分は嘘で、マスクをとると別人だ。

髪型のせいもなくはない。スタジオでは前髪をおろし、鼻から下はマスクなので、縦方向が収縮されて見えるのだろう、丸顔の人と思っていた。富士額をあらわし高々とタオルを巻き上げた、目の前の人は面長だ。

丸顔と認識したのは、前髪とマスクの間に覗く目元が、丸顔の知人と似ているためもある。マスクの下に知人の鼻、口、顎を無意識に合成していた。

マスクで隠れた部分をたぶん人は、想像で補完するのだろう。補完の資材は、記憶の中の誰かれの顔。デビューした全顔がそれと違ったとき、いわゆる印象ギャップが生じる。

相手は私のマスクの下に、どんな顔を補完していたのだろうか。

ほどよい距離

新型コロナウイルスへの注意は折にふれて喚起されるが、世の中は概して平常モード。電車に乗るたび、そう感じる。

ひとつは会話だ。かつては「黙」だった車内に、えんえんとしゃべっている声が、何組かは聞こえるようになった。発声に伴う飛沫に、多くの人が神経を遣っていた頃なら、厳しい視線を向けられて、とても続けられなかっただろう。あの頃に比べると、緊張はたしかに緩んでいる。静けさに安住していた私には、少々残念な変化である。

そういえばコロナ禍前は、小さな耳栓を常にバッグにしのばせて、周囲のお喋りが盛んだと、髪の下でそっと装着していたのだった。いつからか耳栓を持ち歩かなくなっていたけれど、そろそろ復活させないと。

もうひとつはディスタンス。むろん混んでいるときは確保できないが、空いた車内における変化だ。

先日は7人掛けの端に座っていた。次々と降りていき、車内はガラガラ。私の右隣に人がいて、そのさらに右の５人分は空いている。右隣はしきりにスマホを操作中。スマホを操作しているときは、肘を横へ張りがちだ。その人の肘も、私の腕に接触している。少し前まで「密」の回避につとめ、リアルで人と会うことそのものを控えていた。その感覚が残っていたら、この近さでは落ち着かず、さりげなく腰を浮かせ、右へずれたくなりそうだが。満席ならば致し方ないが、車内のようすは前述のとおり。

　私が移動するなら立つしかない。それだと遠ざかりたいのがあからさま。日本人的な優柔不断のせいもあり、ガラガラの車内で腕をくっつけ合ったまま、終点まで揺られていったのだった。

　第１回の緊急事態宣言の解除後、最初に電車に乗ったときには、「世の中はこうなっていたのか……」と目を見張ったものだ。比較的空いた車内で、座席は完全に１席空け。使用禁止の「×」マークが貼ってあるわけではないが、どの７人掛けもみごとに「○×○×○×○」の並び。○が有人である。

　立っている人はちらほらいたが、私を含め誰も、整然たる規則性を崩して「×」に入り込もうとはしなかった。あの頃を思えば、かなりの変化だ。

　私はコロナ禍の前から、可能なら人間（じんかん）距離を取りたい方。接触を忌むわけではなく、ゆとりを好む。隣がいると、鞄の幅がはみ出ないよう、ものを出し入れする際当たらないよう、気をつけて変に力が入り、肩が凝る。それよりはお互い楽に行きましょうと。その私からするとディスタンスの感覚の変化も、少々残念な逆戻りだ。

そういえばコロナ禍の前、出張のときどきあった頃、新幹線の普通車では、３人掛けのＡかＣに座るようにしていたのだった。１人だと２人掛けの窓際のＥを選びがちだが、実はＤに人の来る確率が高い。３人掛け中央のＢは、車内が混んでこない限り、終点まで空いていることが多いのだ。次の機会にもそうしよう。

かつての習慣を、少しずつ思い出している。

詰めすぎないで

空いた電車で、7人掛けの席の端にいると、途中駅から乗った人が隣に座る。その瞬間私は眉を曇らせているだろう。他にいくらでも席はあるのになぜ、と。

電車に限らず種々の乗り物、飲食店などでも似たようなことはないだろうか。知らない人が思いがけない近さに来てとまどう。

電車で隣になった人は、座るやいなやスマホを操作。目の前に空いていた席に腰をおろし、スマホに集中して周囲が気にならないのだろうと推測できても、居心地はよくないままだ。コロナ禍のただ中にはなかった光景かもしれない。

初の緊急事態宣言が解かれて間もなく乗った電車は、印象的だった。7人掛けの席はみごとなまでに1席空き。使用禁止の×印が貼ってあるわけでもないのに、「隣り合っては腰かけない」との不文律が成立しているかのようだった。あの頃はまだ感染への警戒心も、導入されたばかりのソーシャルディスタンスへの意識も強かった。

ソーシャルディスタンスが呼びかけられ始めたのは、緊急事態宣言より前と記憶している。ときどき買うおにぎりの売店へ行くと、長い列。前後の人との間隔を2メートル空けたため、店の外まで列が延びているのだ。立ち位置を示す足形は間に合っていなかったが、こうも厳密に実行されるものかと驚いた。

最初は面食らった距離のとり方だが、じき慣れた。テレビ画面で出演者が端と端に分かれてしゃべっているのも、最初こそ違和感があったものの、今では逆でコロナ前の番組が流れると、そちらの方が詰めすぎに感じる。

パーソナルスペースという概念がある。他人にこれ以上近づかれると不快だと感じる範囲のことで、対人距離とも呼ばれる。

建築学の西出和彦氏によると、50センチ以下は絶対に入られたくない距離。50センチから1・5メートルは会話をしないと居づらい距離という。エレベーター内の無言に圧を感じ、なるべく目が合わないよう階数表示を見つめ続ける経験から、うなずける。

冒頭の電車の状況では、できれば席を移りたいけれど、露骨に嫌がっているようでためらわれ、前はそのまま座っていくのが常だった。ディスタンスの推奨されるコロナ禍では、心おきなく移ることができたが、そろそろどうか。イベントの人数制限も撤廃され、密な光景が戻ってきている。

コロナ禍を経てパーソナルスペースが変化するのか、関心がある。

話しかける店

仕事でときどき顔を合わせる男性の髪が、この頃伸びている。「むさ苦しくてすみません、実は理髪店をさまよい中でして」。長年通っていた店が廃業してしまったという。どこかいいところはないかと知り合いに訊ね、行ってみた店はあるが一度で懲りた。主人が話し好きすぎて。コロナ禍の黙の反動かと思うほど、ひっきりなしに口を動かしている。

知り合いに報告すると「やっぱり。腕は悪くないけど、おしゃべりが玉にキズで」。先に言ってほしい、と男性は思った。理髪店では半分眠っていたい方。仏頂面のできない性格なので応じたが、疲れきってしまったという。

私も今でこそ解放されたものの、かつてはそれが美容院の悩みであった。疲れには2種類あり、①おしゃべりな人に当たってしまった、②話しかけられる。前者は時の運だが、後者は常にで、質問も決まっており「今日はお休みですか」「お仕事、何されているんですか」。

初めはスタイリングに必要な情報を収集しているのだと解釈し「休みというわけではありません」「パソコンに向かう仕事です」などと律儀に答えていたけれど「パソコンで何されているんですか」に至り疑問を抱く。これって髪型に関係ある？　場をつなぐだけの質問の無限ループに陥るのでは。

知人女性は面倒で「人に言えない仕事です」とバッサリ断つことにしているそうだ。美容院でのおしゃべりが苦手な人は、知人や私以外にもいるようで、受付の際、アンケート用紙で「話しかけていいかどうか」に○×のできる店も出てきたという。私はどちらをつけるだろう。

会話をいっさい拒むわけではない。基本的に読書か休息をしたいが、ふと飽きるとか「ここで睡魔に襲われ頭がぐらついてはマズイ」とかいうときはある。今の店は10年以上の付き合いのため、そのへんは阿吽(あうん)の呼吸で声をかける。スーパーがどうのなど私に合う話を振ってきて、思わずはずむことも。あれがもしなくなって、どこかでまた「今日はお休みですか」から始めることになったら……。

店の存続を願い、男性には相性のいい店にたどり着けるよう祈るばかりだ。

満席が戻る

野球の国際大会が東京ドームで開催された。世界の4カ所で行われるワールド・ベースボール・クラシックの本戦の、会場のひとつとして。私はスポーツに詳しくはなく、開催をニュースで知って中継を見る程度のファンである。その大会で印象に残ったのはチェコ共和国。準々決勝へ進めず敗退したが、大会に爽やかな風を吹かせて去った。

日本との対戦で死球を受けたバッターが、苦痛に倒れ込んだものの、立ち上がって出塁。一塁手の謝罪に笑顔で応じ、問題ないと示すようにファウルグラウンドを走ってみせた。試合終了後は全員がベンチから出て、日本チームへ勝利を祝福する拍手を送る。スポーツマンシップ溢れるふるまいが称讃された。

チェコのメンバーがインタビューでたびたび言及したのが、観客の存在だ。死球を受けた選手は、一塁手のハグと観客の声援がうれしかったと述べた。監督は、満席の会場でプレーできることそのものが感激だという。

チェコの選手はほとんどが、野球以外の仕事を持つ社会人か学生である。野球の競技人口は約７０００人と伝えられる。その６倍近い数の観客が、ドームを埋め尽くしていた。誇らしくはれがましかったことだろう。

観客の声援。満席の会場。それらは東京五輪にはなかったものだ。パンデミックのさなかのため、無観客で開催された。

新型コロナウイルスの感染が拡大したのは２０２０年春。地球上の９割以上の人々が移動を制限されていたと聞く。ソーシャルディスタンスと「黙」の求められる日々。ラグビーのワールドカップ大会が日本で開催され、異なる国の人々が体をぶつけ合い声をからして健闘を称えていたのが２０１９年秋、わずか半年前なのに、遠い昔のようだった。

その後変異株が次々現れ、感染の波が幾度も襲い、この繰り返しに果てはあるのか、パンデミックの終わりはどんなふうに来るのか、イメージできずにいた。

けれども２０２３年春、なんの気なしに見たワールド・ベースボール・クラシックの中継で思ったのだ。マスク姿は交じるものの満席の観客と選手や、選手どうしのエールの送り合いは、３年半前のラグビーのワールドカップ大会と似ている。

遠い昔と感じられた光景に、再び近づきつつあるといえそうだ。

脱・巣ごもりへ

行動制限がなくなって、各種催し物の「3年ぶりの再開」が報じられる中、仕事上の集まりも例外でなく、新幹線で出かけることになった。開始時間から逆算すると、東京駅までは通勤でもっとも混む時間帯。前の晩のうちに現地入りしておくことにし、ビジネスホテルを予約する。

こういうときよく利用するチェーンがあり、最後に泊まったのは2019年。その後はコロナ禍により、もともとの巣ごもり傾向があらわになり、健康不安から怖じ気癖もついて、旅からすっかり遠ざかっていた。

新幹線に乗り遅れてはいけないと、発車より30分も前に東京駅に到着。出張が頻繁だった頃は滑り込みだったのを思うと、われながら初々しいことである。

夜遅い新幹線は空いていて、一両に数人ほど。通路を進んでいちばん奥へ。この先は乗務員室しかない、どん詰まりの列で、隠れ家的な落ち着きがあり、指定した。

後から来た2人が、通路を挟んで隣の席へ。こんなに空いているのに、よりによって近い……とは向こうも思ったことだろう。2人のレジ袋の中の缶ビールとつまみが、私をかすかに不安にする。そうだ、出張をよくしていた頃は、こういうときに備えて、ひそかに着けられる耳栓を、鞄にしのばせてきたのだった。

巣ごもりの習慣が身についてしまっている私は、席に着くとまずは巣作り。大きめの荷物を棚に載せて、手持ちのバッグは……そうだ、テーブルから提げられるフックを、出張というと持ってきたのだったな。久しぶりすぎていろいろ勘が鈍っている。

列車は静かに滑り出す。宴を始めるのではと危ぶまれた2人は、レジ袋を空にすると早々に寝入った。

22時過ぎ、ホテル着。玄関に入った瞬間、思い出す。そう、ここはチェックイン前に靴を脱ぐのだった。館内はロビーからして畳敷き。カードキーを受け取り、大浴場への暗証番号などの説明を聞きながら、記憶が徐々によみがえる。

エレベーターへ歩くにつけ、畳はやはり足裏が気持ちいい。住まいは全室フローリング。忘れかけていた感覚だ。

部屋に着いてもまた、巣作りから。鞄より取り出したものを配置する。

巣が整ってようやっと、館内を探検する気になった。この時間帯は夜鳴きそばと称して、食堂でハーフサイズのラーメンが無料でふるまわれるのだったな。行こう。

ひと口すすって、目をつむり溜め息。しみる美味しさだ。極細のちぢれ麺。醤油色のスープ。ほぼ炭水化物と塩分だ。家での食事が優等生すぎた。

部屋に戻って支度し、満を持して大浴場へ。検査着のような作務衣に身を包み、館内用のかごを持つわが姿がめずらしい。広さはジムの風呂と変わらないが、岩や木材など和のテイスト。ビルに囲まれた空を仰げる1畳ほどの露天風呂も。

楽しんでいる自分にホッとする。巣ごもりに慣れすぎて、異なる環境への順応性が落ち、非寛容になっていないか案じていたが、むしろすべてが新鮮だ。来るべき旅の再開に向け、よき予行演習になったのだった。

趣味に勤しむ

人生前半は「趣味は仕事」と言ってはばからなかった私に、人生後半から趣味ができた。何度か書いている俳句とダンスフィットネスだ。俳句はまだしもダンスフィットネスは、それまでの自分イメージと真逆のもの。非体育会系の私がフィットネス、ストイックな私がダンスなど。

ジムを移ったこの1年は変化のとき。予約制だった前のジムでは、30分のレッスンが週1回とれるかどうか。今は45分とか60分とかのレッスンに、仕事の調整さえつけば、いつでも行ける。ダンスフィットネスにかける時間は6、7倍に増えた。

量的な伸びに加え、この2カ月は質的な深化も。変化という点では、こちらの方が大きいかも。きっかけは、別の種類のダンスフィットネスに出たことだ。前からのレッスンをAとすると、似たものでBがあると聞き、参加してみた。

60分間踊った印象は、不完全燃焼。いまひとつノレず、激しい動きもない。物足りなくはあるけれど、ダンスはダンス、あまり疲れたくない日はこちらへ来てもいいかも。そう考えていたところへ、先生が他の人に話しているのが聞こえた。「音って足でとるものだから」。そうだったの?!

6年半続けてきたAでは説明がなく、見よう見まね。楽しく踊るのが旨とされ、私はリズムを体のどこかでとればいいと思っていた。Bでノリがいまひとつ悪かったのは、先生と足を踏み出すタイミングが微妙にズレるせいであったが、そうなるわけがわかった。先生の言うに「足って床につくとき鳴るから、音と合わせやすいじゃない」。

例えば曲の盛り上がりのステップでは、私はつい足に勢いをつけて振り出すが、あの空中でのワンアクションが余計なのだ。試しに次にBに出たとき、靴底を極力床から離さずに踊ると、先生と面白いようにシンクロする。

たまたま耳に挟んだ会話が私には金言だった。たぶんAでもずっと無駄に跳ねていたに違いない。

以来先生のひとことを忘れぬうちノートに書くように。Bのレッスンも原則として説明はなく進むが、曲の合間などに先生が口にすることがある。例を引こう。

・腹筋を締める。伸び上がるときも。
・頭の高さを保つ。
・押す腕より、引く腕がだいじ。

・膝から行かない。骨盤を回した遠心力で膝が上がる。

これまでいかに雑に踊っていたかを感じる。曲のサワリの部分でも、ステップが乱れ打ち的に速くなるとは限らず、むしろ正確に踏むことが求められる。気分任せではうまくできない。情熱と冷静の間を行かねば。

フィギュアスケートのヲタクだった頃、アスリートの練習ノートを画像で見ることがときどきあった。

・腕を前へ伸ばすとき、上体も出す。

・骨盤から胸を固める。

など「曲に合わせて振付をこなしながら、こんな細かな注意事項を頭に置いているのか」と驚いたものだが、趣味のダンスでノートを作ることになろうとは。

ストイックな地が出てきた感もあるが、身に着ければAまでもっと楽しくなるはず。そう信じ励んでいる。

顔出し、再発見

マスクを外した顔が、人の集まる場所にも交じるようになった。通っているジムのスタジオでは、多くがまだ着用。先生によると同じダンスフィットネスのレッスンでも、店舗によってばらつきがあって、ひとりもマスクをしていない店舗もあるそうだ。

先生の感じているのは、グループレッスンを行う上で、顔を出すのと出さないのとでは、こうも違うのかと。「顔出しだと、生き物としてのエネルギーレベルが高まると言うか」。

マスクで顔が隠れていると人として見ない……わけではない。が、上げる手を誤っているなとか、足が遅れるなとか、部分部分に目が行ってしまうという。口頭での説明はなく、先生の動きに合わせるレッスンだから、余計にだろう。

顔出しだと、表情が多くを伝える。楽しそうにしていれば、先生も安心して動きを大きくでき、とまどっているようなら「ここは難しいのだな」と判断。しばらく丁寧に動いて、ついてこられるようにする。そのように全体を引き上げて活性化していくことができるという。

思い出すのが、コロナ禍の始まりの方。ジムでマスク着用がルール化され、最初にグループレッスンに出たときだ。別の先生だったが、スタジオで向き合った瞬間「こ、こわい……」。謎の仮面星人を前にしているようだと。

わかる気がする。私たちはもともと自然の中で狩猟採集し群れをなしてきた生き物だ。群れが機能するには、コミュニケーションが欠かせない。

コミュニケーションに言語と非言語とがあるならば、口頭での説明のないレッスンは、非言語のコミュニケーションによる。その大きな要素である表情が見えると見えないとでは、集団としての一体感やパフォーマンスに大きな差が出ようというもの。

先生は最初はやりにくかっただろうけど、どうにか適応しグループ運営をしてきて、久々にマスクなしに戻り、改めて感じるものがあったと推察する。

私も今はマスクをする方に慣れてしまい、なかなか外せずにいるけれど、とってみれば「もともとはこういうふうだったのか」と再発見するものがありそうだ。顔出しへ徐々に移行していこう。

眼鏡をもう探さない

目標に掲げなければと改めて思った。「眼鏡をもう探さない」。一日在宅していると、何回探すことだろう。「眼鏡、眼鏡……」と家じゅうをうろつき回る、昭和の漫画に出てくるような人に、まさか自分がなろうとは。

整理整頓の原則がある。物の置き場を決める。使ったら定位置へ戻す。玄関の鍵も財布もその原則に従って、出がけに見つからず慌てることはなく済んでいる。

眼鏡でそれを守りにくいのは、家の中を自分とともに移動すること、そして頻繁に着脱することのため。私の眼鏡は老眼鏡。仕事の他、乾麺の袋でゆで時間を確かめるのにかけ、湯切りのときくもって外し、脱水したトレパンのウエスト紐の結び目を解く（ほど）のにかけ、振ってしわを伸ばすとき当たらないよう外し……。

無意識にそのへんに置くことはないのだ。壊さないよう意識する。うっかり払い落とすことのないよう、物を載せて潰すことのないよう、なにげなく手を伸ばしそうなところは、あえて避ける。

そのひとひねりした置き場を忘れる。やがて発見されるのは、キッチンでなくリビングのステレオの上だったり、洗濯機回りでなく造花を飾っている台に恭しく上げてあったりする。

フレームが極めて細く、背景と同化してしまいやすいのも、見つかりにくい要因のひとつ。ストラップで首から下げることをしないのも、華奢すぎて破損しそうなためである。

眼鏡を探す人は多いはず。位置情報を発するチップを埋め込むとか？　「夢の科学」みたいな想像をしていたら、スマホと連動した紛失防止タグはすでに製品化されているそうだ。フレームに取り付け、スマホで呼び出せるもの。かけたときの重さや違和感はどうなのだろう。

知人との話題に出すと「私はもう眼鏡を探さないでよくなった」。目の中にコンタクトレンズを入れる手術をし、眼鏡そのものから解放されたという。

知人いわく、就寝前、外してベッドサイドに置く際、常にかすかに不安だった。極度の近眼。もしも夜中に地震や火事が起き、眼鏡に手が届かなかったら逃げられない。旅先の右も左もわからぬホテルでは特に不安がつのった。

私と同じくドライアイのため、コンタクトレンズは無理と思っていたが、埋め込む方は難なくできた。角膜を切開した数ミリの口から、ピンセットで挿入し水晶体に載せるイメ上がったと。

ージだそうだ。おかげで不安も、眼鏡の扱いに気をつかう必要もなくなって、生活の質が上がったと。

「手術した後でもしも度が合わなかったら、という心配はなかったですか」。合わなくて眼鏡を作り直したことのある私が聞くと「全然。そのときは取り出して交換すればいいだけだから」。そんなＳＩＭカードみたいなことが人体にできるのか！

ひかれる。しかしよく考えると知人は近眼、私は老眼。老眼は水晶体そのものの衰えによるわけで、ＳＩＭカード方式でうまくいくかどうか。

当面は置き場を覚えることを目標としよう。

指差し確認

記憶力の低下に愕然としている。２桁、３桁の数字が覚えられない。駐輪場のラック番号だ。

週に何回か主に電車でジムへ行くとき、駅の駐輪場を利用する。前輪を挟むとロックされ、外すには入口にある機械でラック番号を押し、精算する。覚えていないと、いったん中へ進んで確かめねばならず、一往復余計に歩く。何よりも敗北感が身にこたえる。

昔はこんなことはなかった。新幹線の指定席に乗るには、のぞみ何号、何号車、Ａの何番と3桁、２桁の数字が何組も関わるが、最寄り駅の改札機に券を通す際目にしたら、東京駅で改めて見ることはなかったのだ。

数字を覚える方法のひとつが語呂合わせ。歴史の年表でいう「鳴くよウグイス平安京、794年遷都」「いい国作ろう鎌倉幕府、１１９２年征夷大将軍に任命」の類である。受験期の私はあの方法をとらなかった。「どの音がどの数字に対応するか思い出すのがかえって面倒、数字をそのまま覚えた方が早い」。記憶力のピークだった十代の話。今こそあの方法に拠るべきでは。

87を「花」、86を「春」、116を「いい色」と少々無理やりでも何らかの言葉に変換する。結果としてうまくいかなかった。昨日の「花」と今日の「春」の記憶を混同したり、「いい」を115と数字への再変換を誤ったりする。深刻だ。

説明を加えれば、止めてからジムへ行って戻ってくるまでの間、いくつもの数字が介在する。何分の電車に乗れるか。何号車の降り口が便利。レッスンは何時から。参加には受付で記名した順に入るのでその番号。ロッカー番号。運動で心地よい汗を流し、風呂まで入ってすっきりして帰ってきて「で、何番だっけ？」。ああ、でも、かつての新幹線だって何分発とか何番ホームか、いくつもの数字が関わったから、やはり言い訳か。

脳トレのつもりで真剣に取り組むことにした。試みを以下に記す。後の方ほど、効果の上がったものになる。
①事実上の罰金を設ける。あやふやでも、確かめにいくことを禁じ、記憶に基づき精算。間違っていたら二重に支払うことになるため、緊張感の出ることを期待→効果に比して無駄が多く取りやめ。
②語呂合わせをやめて数字そのものを凝視し心の中で三唱→集中力が増す。
③心の中だけでなく声に出して三唱→目と口と2つの器官を通すことで、記憶の手がか

りが倍に。

④③でひと桁ずつ区切って発音。「ひゃくじゅうご」とつなげず「いち、いち、ご」のように↓抑揚に流れず、数字のひとつひとつが印象づけられる。

⑤④に指差し確認を併用↓より効果が大に。

駅のホームで車掌が行っているのをヒントに、半信半疑で試したら、本当に間違いが減り驚いた。安全確認を要する種々の現場で取り入れられているだけある。「指差呼称」といい、黙視のみより脳の動きが活発になるとの研究報告もあるらしい。

薬の飲み忘れや火の消し忘れなど、今後起き得るさまざまな危険防止に役立ちそうだ。

歯科医院でみがく

歯科医院で歯石を取ってもらっている。食べてしばらくすると歯の表面が粘つくが、あれは細菌の塊で、歯石はその塊が石灰化したものという。

現物をはじめて見たときは驚いた。歯科衛生士さんがずいぶん長時間頑張っているなと思ったら、終わった後で白いガーゼに点々と並んだものを示される。「これが歯石……」。黒っぽい破片がいくつも。汚れを放置すると歯石になるとは知っていたが、歯をよくみがかない人の話と思い込んでいた。歯みがきの習慣のある私。まさか自分の口中にこういうものができていようとは。

歯科衛生士さんによれば、みがき残しはどうしてもあるもので、クリニックでの定期的なクリーニングがおすすめ。歯石がついたままだと歯周病を引き起こすと。それはたいへん。

歯周病は、年をとってから歯を失ういちばんの原因と聞く。歯の本数と健康寿命の関係は、つとに指摘されるところだ。歯周病の菌が体のあちこちに回って悪影響を及ぼすともいわれる。除去しなければ。

半年にいっぺん、歯科医院に通うことにした。併せてみがき方の指導も受け、おかげでよくみがけていると、クリーニングに行くたび評されていたのである。

コロナ禍により中断。通院のタイミングが、最初の緊急事態宣言中に当たった。ガーゼや消毒剤などの医療物資の不足が伝えられた時期。「不要」ではないけれど「不急」のこととして控える。その後も気にはなりつつも「感染がまた拡大してきた」「ワクチンの案内が来たから、せっかくなら打った後で」などと先送りしてしまった。

3年が過ぎ、このほどようやく再開。久しぶりの歯科医院の椅子で目を閉じると、歯科衛生士さんが器具で歯に触れていく感覚が。歯科医院でおなじみの、金属の棒の先が鉤(かぎ)状(じょう)の刃になったものだ。器具が止まってカリカリとこすると「そこに歯石がついていたか」。音と感覚から推測する。

奥歯に来て、ガリッ、ガリッとただならぬ音に変わった。大物が発見されたようである。歯科衛生士さんとしては、なんとしても取りたい歯石らしい。力が入り、息も荒くなる。

こんなに引っ掻いてだいじょうぶか。みがくときブラシを強く当てすぎると歯を傷めるといわれるが、ブラシの毛どころではなく硬いものが押しつけられている。口中のできごとは、すべておおげさに感じられる。歯石のへりに刃をかけて削(そ)ぎ落(お)とそうとするのが、磯の岩場に固着したフジツボを鎌で剝がそうとしているかのようだ。
「楽ではない」。終わって深呼吸をしてから、改めて感じた。30分間器具を握り締め奮闘した歯科衛生士さんはもちろん、その間口を開け続け、顎が動かないようにしていた私も。楽ではないとわかっているから、コロナ禍を言い訳に逃げていた気がする。

セルフクリーニングの限界も改めて実感した。これからは、せっせと通おう。

コラーゲン注射

目の下のクマが濃くなってきた。両の目頭から頬にかけて「八」の字の線が入り、内側がくすんで、やつれて見える。

睡眠不足のときに限らずよく寝たときも。疲れを溜めていなくても、いわゆる血液ドロドロではなさそうな食生活をしていても。

半年にいっぺん通っている美容クリニックで診てもらうと「これはくすみでなくて影」。加齢の影響で皮下の脂肪がしぼむと、凹みができて影になる。色でなく形の問題だったか。

加齢現象だとすると、生活習慣はあまり関係ないかも。コラーゲン注射で凹みを埋める方法がある、と先生。その日は申し込まずに帰ってきた。

注射か。通って受けているのは、皮膚の外側から温熱をあて、肌を引き締めるというものだ。針を刺すとなると、一歩踏み込む感がある。切ったり糸で縫ったりの、かつて自分の持っていた「ザ・整形」のイメージに近づく。体験者の声を聞きたいところだが、新型コロナウイルスのため、雑談の機会のないのが痛い。

数少ない機会であるジムの帰り、知り合い数人をつかまえて聞いてみた。「コラーゲン注射、したことある？」。首を横に振る皆さん。心ひかれながらも、やるとやめられなくなりそうで、と。「やってもやらなくてもいいんじゃない」「今のままで充分キレイキレイ」。私のマスクなしの顔を、2年間見ていない善女たち。美容をめぐる会話は、常にそう締めくくられる。

やめられなくなるというのは、わかる。ネットニュースに掲載されている、芸能人のインスタグラムの写真を「これがあの人⁉」と二度見することがときどきある。失礼ながら、頬がパンパンに張っている。風船と同じでふくらませれば、皺（しわ）やたるみがなくなる道理だろう。が、キレイの域か不自然の域かは、微妙なところだ。境界を超えてしまっても、自分ではわからなくなるのがこわい。

「少しでも変だと思ったら忌憚（きたん）なく言って」。善女たちに頼み込んで、やることにした。

医療行為の常として、リスクの説明と同意書へのサインがある。その上で歯科治療のときのような麻酔注射を、まず頬に。その先のコラーゲン注射は細い針が、八の字ラインの皮膚の下をぐいぐい進んでいく感じ。ときおり先生が指を押しつけ、広げるようにする。

こめかみにもちょっと凹みがあるそうで「余ったコラーゲンでここも埋めておきますね」と先生。

風船というより塑像だと思った。粘土を少しずつ足してはならし、頬の肉づきなどを修整していく作業。

終わった後は、麻酔注射の針の跡が点々になっているくらい。マスクなしで帰れるほどだ。

帰宅後、鏡に映る自分に「なるほど」。目の下が前より平らだ。クマが完全になくなるわけではなく、八の字が薄くなる感じ。逆説的な言い方だが、効果が出すぎないのがいい。受けている引き締め治療も同様だ。そのほどのよさが、続けてもいいかもと思わせ、すなわち善女たちの言うとおり、やめられなくなる？

若見えではなく、年相応の範囲でやつれては見えないことをめざし、後はお財布との相談にしたい。

メークはアート

コラーゲン注射により、目の下の凹みの「段差」はならされたものの、クマが完全になくなったわけではない。

先生の話では、クマの原因はひとつではなく、血行不良、目の下の皮膚のたるみなど、いろいろで、たいていは複合的。私の場合は、凹みに加え、皮膚が薄いことから、目の周りにあって瞼を開け閉めする筋肉が、透けて赤黒く見えるそうだ。筋肉の色となると、そちらの原因を取り除くのは難しそう。

「消せますよ、簡単に」とメークのプロ。たまたまメークをしてもらう機会があり、クリニックでの話をしたのだ。

彼女が取り出したのは、コンシーラーという、クリームファンデーションより固めのもの。明るい肌色を平筆にとり、目の下に「八」の字の線を太々と引く。度肝を抜かれる私。歌舞伎の隈取りではあるまいし、顔にこんなに大胆にペイントなんかして、だいじょうぶ？

プロの手により、線は上手にぼかされて、その上からファンデーションを塗ると、見事、赤黒さが消えている。

美人を作るのはアートだと知った。顔を画布とし、絵の具を載せる。よくテレビで俳優が大写しになり、シミひとつない肌に驚嘆するが、あれを実現するのは、美容医療の施術のみではあるまい。アートの技で補整しているはず。

そういえばクリニックでも、麻酔注射の跡はメークで消せると言っていた。針の跡が1、2週間残るそうで、私は放っていたけれど、メークさんに細筆を借り、コンシーラーを点々と置けば、まるで何ごともなかったように。アートの威力！

ただし「絵心」は問われる。色選びや筆遣いなど。後日自分で、クマ消しに挑戦したが、明るく塗りすぎたみたいで、目の周りだけ白っぽい、逆パンダのようになってしまった。

人のメークをさりげなく観察すれば、マスクから出ている部分に手をかけているのはわかるが、アート的には微妙な人も。その例がノーズシャドー。鼻筋に沿い、暗めの色で影をつけ、鼻筋を際立たせるものだが、正面顔ではその効果があろうけど、横から見ると、「なんでそこだけ茶色いの？」となる。

画布に喩(たと)えたのは、適切でなかった。鏡に映る像は平面でも、顔は立体であることを忘れてはいけない。アートで「七難隠す」には、熟練の技が要りそうだ。

香りが難点

ひと月ぶりに会った女性が、よりキレイになった印象だ。髪にしっとりしたつやがある。本人の言うには、シャンプーとトリートメントを変えたと。

それだけでこんなに違う?! シャンプーとトリートメントは私にとって、石鹸や歯みがきと同じ日用品の類だが、美容に資すると考えた方がいいかも。

知人に聞いて通販で購入した。

浴室で髪を濡らし、シャンプーを掌へ。見た目は漢方ゼリーのよう。昔咳止めのため、桜の樹皮からとるというシロップを飲んだが、それと似た香りだ。生薬ふうで、いかにも効きそう。つけてこすると、細かな泡が。

トリートメントの香りもやはり生薬ふうで、多種類のハーブを調合したような奥深い芳しさと甘さ。髪全体によくなじませてから流す。

洗面台で髪を乾かしはじめると、背後で何やら「ゴーッ」。寝室の空気清浄機だ。寝室との間のドアを開けたままドライヤーをあてていて、その風下にあたる。寝室にたまにお茶を持って入ったときも、こうなる。空気が必ずしも汚れていなくても、常ならぬ香りを感知するらしい。

それにしても激しい反応だ。センサーライトは平常の青から赤まで4段階。お茶でも緑止まりで、赤はうっかり殺虫剤を間近で噴射してしまったときぐらいだが、それに次ぐ黄色に点灯し、警戒心をあらわにしている。そんなに不穏？

たしかに乾かすほどに、シャンプーやトリートメントの香りが髪から立ってくる。嫌な香りではない。ただただ濃い。

そして予想外に持続した。就寝後も、香りで何度も目が覚めて、空気清浄機は思い出したようにゴーッと唸る。睡眠不足で翌日は体が重かった。

知人と向かい合っていても、香りは気にならなかった。自分の髪だと鼻に近すぎるのか。納豆が好物で、糠味噌を躊躇なくかき混ぜる私は、香りに過敏ではないと思う。一般的にはそれらの方が不穏な香りだろう。

「意外なネックだったな」。髪のつや、指通りの滑らかさなど、期待以上で、できれば使いたいのだが、洗髪のたび不眠になるのは困る。

嗅覚は順応しやすいという。「使えば慣れる。翌日に影響のない日に、いつかまた」と思いつつ、浴室にずっと置いてある。

見た目はよくても

浴室で使うソープやシャンプーは、詰め替え容器に移して置いている。その容器を50代の半ばで、陶器に替えた。扱いやすいのはプラスチックだ。軽いし、落として割る心配がない。

陶器のよさは、何といってもおしゃれな見た目。喫茶店で、洗面台の周囲に水はねの跡が石灰化しているような狭いトイレでも、ハンドソープのボトルが陶器だと、ちょっと贅沢な感じがする。

そういえば昔入院したとき、プラスチックのカップを持っていくのが一般的なところを、あえて愛用のカップ&ソーサーにしたのだった。重いし割る心配はあったけど「病の日々にも潤いを」と半ば意地で。

思い出しつつ考えた。この先、年をとったらいよいよ重さが苦になり、手元もおぼつかなくなろう。憧れの陶器のソープボトルを使うなら、本格的な老いに少し間のあるこの時期だ。

ひと頃の私のインタビュー記事を探せば、出てくるはず。「ラグジュアリーなバスタイムを」とまでは気恥ずかしくて言っていないだろうが「軽さを最優先にしなくてすむ今だから」「時間や気持ちにゆとりができ、丁寧に扱える今こそ」的なことを。

その発言に嘘はない。が、60歳過ぎて、ついに処分。重さがつらくは、まだなっていない。扱いに注意し、割らずにきた。ひとえにポンプのためである。

ポンプには、ネットショップで買って届いたときから不安があった。ポンプの取り付けは、ボトルの口に浮き彫りされたらせん状の筋に合わせて回すのだが、それがなかなか入らない。焼成の際、筋が微妙に歪(ゆが)むのか。不良品とまでは言えないのだ。空回しを続けるうち、たまにはまる。以後、中身を補充するたびその繰り返し。

ポンプそのものもたいへん固い。力いっぱい押して下げ、下げると戻らず手で引き上げる。ボトルの方は高級感があるのに、ポンプの質を、なぜにそれと揃えなかったのか謎。ラグジュアリーなバスタイム（あ、言いました）を下支えするものなのに。

やがてまったく動かなくなる。ポンプのみ買い替えようとしたら、購入したサイトも商品も、ネット上から消えていた。

ポンプの用はなさないが、何らかの蓋は要るので、ボトルの口に挿しておく。使うたび抜き取り、床に置き、ボトルを傾け掌へ。補充したてはどっと溢れ、しまいの方は、底からなかなか流れてこず、逆さに振る。

見た目のため多少の不便はがまんするにしても……見た目もほんとうに美的と言えるか？　ポンプが何本も床に転がり、一滴残らず垂らそうと、掌にボトルの口を躍起になって叩きつけているこの図って。

安さで知られるインテリアショップで、プラスチックのボトルを試しに買ったら、それらのストレスはきれいさっぱりなくなった。

６年で終わった陶器の時期。が、よい品があればまた使ってもいいと思っている。ポンプは問題だったが、ボトルの耐久性は陶器の方があった。プラスチックは半年で劣化してきている。

見た目と実用性と身体状況の折り合うところを、先々も探っていくつもり。

重いのが無理

冬場は寝室のカーテンを、ローズ色のビロード製に掛け替える。イギリスの室内装飾に憧れて。写真集をよく眺めている。

イギリスの首相辞任に関するニュースでも、おのずと背景に目が行った。後ろの壁の浮き彫りが、ドレープを寄せた布のようだったり、タッセルを思わせる綱のようだったり。話の内容は厳しいが、話される空間はなんと優美であることか。ロンドンにはいつか行きたい。壁紙や服の生地が有名な老舗百貨店に入ったら、好きすぎて胸が苦しくなりそうだ。

愛の吐露が長くなったがローズ色のビロードは、写真集ではカーテンやソファによく使われている。50代で自宅をリフォームしたとき、念願かなって寝室へ。ただし高温多湿の日本では、夏場のローズ色のビロードは見るだけで暑いとわかり、その間は別のカーテンに。冬が来ると満を持して掛けるのだ。

布団カバーも、伴ってグレーに掛け替える。ローズとグレーの組み合わせこそは、甘さ控えめの大人の優美と、写真集から私が思うもの。ところが……。

朝起きると節々が凝っている。時期的にはカーテンを掛け替えた頃からだ。もしかしてグレーの布団カバーが重い？

検証のため布団から外す。少し前まで掛けていた夏のカバーを出してきて、ひとつずつ抱えて体組成計に乗った。計測値の差は約400グラム。グレーの方が確かに重い。

微妙である。この数字をどう評価するか。1キログラムも違えば「なるほど」だが、100グラム単位だと、その差に影響されるとは、脆弱にすぎるだろうか。

小ぶりのペットボトルが約400ミリリットル。水は1ミリリットル＝1グラムだから、あの1本を想像しよう。自動販売機から取り出した瞬間はたいしたことないが、長く持ち歩くと重くなる。寝ているとき、誰かが掛け布団の上に置いたなら、眠りの妨げになるのでは。

試しに夏のカバーに戻し、布団の下に身を入れれば「かっるい」。寝返りの際勢いよくはね上げられそうなほど。400グラムで体感がこうも違うとは。グレーに再び掛け替える気が起きなかった。

それにしても前の冬はグレーの重さが苦でなかった。30代のとき2回り年上の女性が話していたのを思い出す。学生服のようにひだをたっぷりとったスカートをはいていた私に「好きだけど、もうはけないと」。「楽ですよ。動きやすくて」と言うと「私の年になると、重いのがダメなのよ」。

キュリー夫人の自伝には、貧しい頃寒くて寝つけず、布団の上に椅子を載せて、重さを温かさと錯覚して寝つこうとしたとあった。むろんベースにある根性が私と違うが、その発想ができるのは若さのせいもあると思う。前の冬からこの間ジムを移籍し、運動に励んできたけれど、加齢に抗い400グラムを支える筋肉はつかなかったようである。

夏のカバーの色は白。ローズ色のカーテンとで、イギリスふうというより少女趣味の寝室になった。身体的な理由で、めざすところから譲歩することは、これからもいろいろ出てきそう。

好きだけど、おっくう

元気に暮らす一方で、折にふれ想像する先々のこと。自立した生活が困難になる理由のひとつに、家事ができなくなることがあると聞くが、それってどういうことだろう。体のどこかが動かなくなるのか、やり方を忘れてしまうのか。

最終的にはそうだとしても、その前に「おっくう」という段階があるように思う。気力がわかないとか、しなければと思いつつ体がついてこないとか。

例えば私は整理整頓好き。が、「好き」がやる気につながらないときがある。

ふだん届いた荷物や郵便物は、玄関ですぐに開封、要るものを出し、包装資材を紙とプラスチックとに分け、それぞれをしまう場所に持っていく。たまにとてもおっくうで、手をつけず放置。通るたび「こうして散らかっていくのだな」と目をやるだけ。掃除についても、同様だ。「埃があるな」と見ていながら、掃除機を取りにいくに至らない。

先々の住まいとして私の理想のシニア向け分譲住宅は、そのあたり、どうなっているのだろう。分譲というからには、室内の管理は各人に任されるはず。するとずっと、これらの家事はしていくのか。

介護が必要な状態になったときの介護事業所との連携については、広告の説明文を熟読するが、家事代行サービスとの連携については、記載があったっけ？　食事やレクリエーション設備の写真は大きく、切実な情報は、小さな字で書いてあるのが常。

あの種の広告は若い人が作っているように推察する。住み慣れた家からシニア向け分譲住宅に移ることを検討する人は、ちょっとした不調のときのサポート態勢や安心度を知りたいのでは。元気いっぱい活動できるときの充実度以上に。

それとも介護保険でのサポートになるのかな？　親のときは要介護になってから申請したが、その前の要支援なる段階があったはず。制度をもっと勉強せねば。ただでさえ限られた介護資源、やればできるが「おっくう」くらいで支援を求めるわけにいかないか。

いけない、つい極端に。落ち着いて考えれば、玄関の散らかりようも、数日間続いて構わないよう、自分の感じ方を変えれば、なんら問題ないのだ。通るときつまずかないよう注意すればよいだけで。

掃除にしても、前よりはずいぶん楽になっている。50代でコードレスの掃除機に買い替えた。後から購入した布団クリーナーはそれより軽いが、コード付き。比べると掃除機の方が、スムーズに動かせる。

引き戸も掃除を楽にした。50代半ばの自宅リフォームで、部屋の扉のほとんどを引き戸に替えた。開き戸だとノブを押し下げ、いったん奥へ進んでから、掃除機を通さないといけないが、引き戸はすいと掃除機とともに。前後の動きのあるなしで、相当違う。

どうしてもおっくうなら、ロボット掃除機だってある。40代で使ってみたときは「これなら自分で掃除した方が早い」とお払い箱にしてしまったが、今はずっと頼れるものになっているはず。

想像に走り過ぎず、現実的な家事のありかたをみつけていこう。

先々の住み心地

年をとってからの住み心地がどうだろうとは、30代で住まいを購入する際にも考えた。購入の決め手となったひとつが、窓の大きいこと。退職したら、家にいる時間が長くなろう。足腰が弱ると、いよいよ出かけにくくなるかもしれない。そのとき窓から木々や空を眺められ、さんさんと降り注ぐ陽ざしで日光浴ができたなら。心身によさそうだ。

老後がまだまだ遠かった30代の想像力の限界！　本格的な老後を迎える前に、不都合がわかってしまった。

いちばんは寒さである。窓が大きいと、外気の影響を受けやすい。窓は横幅のみならず高さもあって、すなわち天井が高いのだ。暖かい空気は上に行く。エアコンをフル稼働しても足元は冷える。冬が来るたび家具を動かしホットカーペットを敷き込むのも、体力的につらいものが。

介護が一段落した50代半ば、全面改築を決行した。

インナーサッシを取り付け二重窓にして、断熱性を持たせる。下からの冷えには床暖房で対処。タイルが冷たかった風呂も、ユニットバスに替えて、浴室暖房を設置。高齢者に多いと聞くヒートショックのリスクは、かなり下げられたはず。

脱衣所兼洗面所はトイレとひと続きに。親のトイレを手伝っていて「ここから直に風呂場へ行けたら」と思うことがよくあった。

改築にあたっては、介護に学んだことも多い。50代では当然、老後に向けた住まいづくりになるが、例えば手すりは、前もって家じゅうに付けておかなくても、必要になったとき必要なところへ、介護保険を利用して付ける方が現実的。手すりや抗菌・防汚クロスといった介護仕様に、あまり早くからしてしまうのも、自宅にいながら施設に暮らしている気分にならないか。そう考え壁クロスは、機能より趣味を優先して選んでしまった。

あくまでも50代の想像力。30代よりは老いに近づいたものの、先々また想像力の限界を感じるかもしれない。

老後に備えることと今を楽しむこととの両立を、住まいにおいても模索中だ。

助かる道具

裁縫が好きである。小学校から高校まで家庭科の実習は大得意。大学進学に際しては、これからは制服がなくなるからと張り切って、なんと自分でワンピースを製作した。家庭科で習ったとおり、物差しとカーブ尺で型紙を起こすことからはじめ、ウエスト切り替えにはダーツ（立体的に仕上げるための三角のつまみ）をとり、後ろファスナーと丸襟まで付けて。すごくないですか？

社会人になってジャケットの肩パッドが厚すぎても平気。裏地を解(ほど)いて肩パッドを外し、余った部分の布を詰めて縫い合わせる。

なのでこのたび通販で買ったジャケットの身頃が大きめでも、動じなかった。前を留めるのは、突き合わせ部のホックひとつのみ。受ける方の金具を、少々ずらすだけで済む。「金具を外して付け直すまでもないな」。留めたい位置に、糸でループを設ければ。5分もあればできてしまう。鏡の前で位置決めし、小学校のとき以来使っている、裏に名前の書いてあるマチ針で印をした。

読者の皆様にはご想像がつくだろう。そう、針に糸が通らない。ループを作る太めの糸に合わせ、穴の大きな針を選んだのに。

糸通しが、たしか裁縫箱の中にあった。髪の毛ほどの細さの針金が、菱形の枠になっている補助具だ。菱形の先端の角を針の穴に差し込んで、穴の向こうへ出てきた枠に糸を通し、枠ごとこちらへ引くのである。

その角すらも通らない。瞬きをがまんし見つめ、集中して接近させていっても、左右にずれる。「この針、穴が空いていないんじゃないの?」と真面目に疑うほどだった。

老眼鏡をかけてこうであるのが、衝撃的だ。もはや私が糸を通せるのは、畳針くらいの太い針だけ。いよいよルーペが必要か。眼鏡の上にかけるものとか、台に付いていてライトとともに手元に向けるものとか。それでずっと作業するのも疲れそう。「目がよかったのだなあ」。若き日の自分の型紙から起こした気概より、そちらの方に感嘆する。

裁縫は、将来の楽しみだった。今より仕事が暇になったら、近くを歩くときのシャツブラウスくらいは、作ってもいいなと。その日が来る前に、目の方が老いてしまった。

とりあえずジャケットを放っておけない。糸のループを付ける代わりに、安全ピンを裏から刺して、一部を表へ出し、そこへホックをかけることにする。ジャケットはそれでいいとして「しかし何かもっと、糸を通すうまい方法があるのでは」。このままでは袖口や裾のほつれも、ホチキスで留めるようになりそう。

調べると、糸を通さなくていい針があった！　針の穴の上にわずかな切れ目があって、そこへ押し込むと穴に入るしくみ。裁縫道具が、小学校の家庭科教材と、親のミシンの引き出しにあったものとで止まっている私は知らなかったが、とっくに商品化されており、100円均一ショップでも売っている一般的なものらしい。ご存じの読者には、無駄な苦労話に長々とお付き合いいただき、恐縮です。

老化は進むが、道具の方も進んでいる。あきらめないで、情報収集していこう。

意外と役立つ

一年の半分以上の期間、加湿器を使っている。タンクの蓋の開け閉めがひと苦労だ。縦長のポリ容器で、蓋を下に向けセットする。

緩みがあると、逆さにしたとき床にこぼれそう。満タンにして蓋を回し、止まったところでなお、ダメ押し的に力を入れる。再び空になり、補給する際「何もここまで固く締めなくてもよかったか」。多いときで日に3回。

90代でひとり暮らしの女性は、瓶やペットボトルの蓋を開けるのに、道具を使っていた。シリコン製のやわらかい鍋敷きに似たものを、蓋にあてがい手の滑るのを防いだり、内側に凹凸のある金具を、蓋のへりにはめたり。あの種の道具で加湿器に合うものを探そうか。

先日、会議に集まると、各席にペットボトルのお茶が置いてあった。隣席の女性が手にとり、ボトルの方をくるりと回す。腕を怪我して力が入りにくかったとき、人に教えてもらったという。「太い方を回すのが細い方を回すより、少ない力ですむって、言われてみれば、当然よね」。

そうか、小学校の理科の実験にあったたっけ。ねじそのものを回しても、板に入っていかないが、ねじ回しの太い柄を握れば簡単に。あれと同じ原理だろうか。「てこの原理」の話だった気がする。

私もペットボトルでまねすると、確かに楽だ。

家に帰り、加湿器で試してみる。シンクに立て、蓋の方を固定し、タンクは角形のため回しづらいが、それでも一方向を動かすと、開け閉めに要る力が違う。

もっと早く思いついていれば。加湿器を使う間、何百回とする作業なのだ。

「理科って役に立つのだな」。今さらながら感心する。

他にもいろいろあるのだろう。例えば「サイフォンの原理」といったたっけ？　二つの容器に水を張り、空気を抜いたチューブを渡すと、高いところから低いところへ流れるはずの水が、チューブを上って、容器のへりをまたぎ、もう一方へ移動する。あれなども今後、応用する場面がありそう。水の入った容器を持ち上げてあけるのは、重くてたいへんになるだろうから。

道具を求めるのもいいけれど、頭の中の引き出しに、使えるものがないか探してみよう。脳の活性化にもつながりそうだ。

パワーより軽さ

掃除機が動かなくなった。スティック型のコードレスだ。フル充電したはずが、かけ始めるとすぐに止まる。

調べるとバッテリーの寿命が尽きたことによるらしい。寿命は機種によりさまざまで、使っている機種は週1回の使用で10年近く、週2で5年ほどという。そろそろ寿命が来そうな頃。バッテリーのみの交換は、私の機種ではできず、買い替えになるそうだ。間をとって7年半と仮定しても、買い替えると68歳まで使うことになる。70近い頃の自分の体力を想像して選ばないと。

この機種の前は、コードのあるキャニスター型を使い、一時期ロボット掃除機を併用した。コードありに戻ることは考えられない。吸引力は満足のいくものだったが、移動のたびコンセントまで戻って、しゃがんでプラグを抜き差しするのがたいへんで、ついロボット掃除機も欲しくなってしまったのだ。申し分のない吸引力を持っていても、発揮されなければ意味がない。

ロボット掃除機については、あまりの遅さと無駄な動きの多さに「これなら自分で掃除した方が早い」とお払い箱にしてしまった。

コードレスの難点は重さである。キャニスター型は本体の車輪が床を滑ってくれるが、スティック型はヘッドを転がす手に、重さのほとんどがかかってくる。

今回調べてわかったのは、スティック型コードレス掃除機全般の軽量化だ。主流は1キロ台とのことで、それなら多くの中から選べる。

フル充電して運転し続けられる長さや、集めたごみの捨てやすさも、こまかいが比較のしどころだ。

加えて私の求めたいのが、壁際の強さ。せっかく塵（ちり）を壁際まで追い詰めながら、ヘッドをいくら押しつけても吸わず、仕方なく手で拾うのが、使用中の機種の残念な点である。これもヘッドの改良により、取りこぼしがなくなってきているらしい。

候補がいくつかに定まり絞り込んでいく中で、優先したいのはやはり軽さだ。軽さと運転持続時間は、基本的に二律背反の関係にあり、バッテリーの容量が大きければ重くなる。

冷静に考えて、年をとってからの自分がそんなに長く掃除機をかけ続けたいだろうか。30分がいいところ。それで終わらなかった分は次に回せばいい。

かつての私は何でも、いっきにカタを付けたい方だった。不要品の整理も物の入れ替えも。夜中に思い立ち作業に集中して、気がつけばカーテンから朝日が漏れていたこともある。あれは体に悪そうだし、後々まで疲れが残る。「いっきに」ではなく「こまめに」。これからはこの方針だな。

ハイパワーよりも軽さで選び、結果はよかった。より少ない負担感で掃除ができるようになった。

買い替えで得たのは、今後の家事の方針が立った他に、家電の弛まぬ進化を知ったことだ。過去に使って残念だったロボット掃除機も、お任せできるものになっているかも。

今の健康を保てれば、掃除機の寿命の方がまた先に来る。そのときは過去の経験知から決めないで、条件をリセットして探すつもりだ。

うっかり水あか

加湿器を2台使っている。リビングに1台、寝室と書斎の間に1台。東京の乾燥はただならぬもので、暖房していないときもつけっ放しにし、ウイルス対策といわれる40％以上を、それでなんとか保っている。

ある日、仕事から帰ってリビングの加湿器の表示に「今日はほんとうに乾燥しているのだな」。一日じゅうつけて32％とは。タンクの水はまだ十分。

「ん？」。異変を感じた。吹き出し口の風が冷たくない。気化するとき熱を奪うのではなかったか。

フィルターを引き出し、目を疑った。整然と折りたたまれているべき青いフィルターの上部が、不揃いに歪み、白っぽくひからびている。本来は濡れているべきさ。これではいくら風を吹きつけても気化するはずがない。フィルターの中ほどは黄ばんだ塊がこびりつき、まるで地獄谷の岩のよう。何がどうしてこうなった？

水あかなら知っている。水道水に含まれる石灰分が白く結晶化したもの。浴室の鏡のウロコ汚れもそうで、水のあるところにつきものだ。調べると黄ばみ汚れも、水道水の成分が固まったもので害はないというが、見た目がいかにもおどろおどろしい。

水「あか」というネーミングも不穏。ものを洗い清めるきれいな水なのに「あか」は不潔を連想させる。

家に関しては姫の私。水あかのできないようつとめている。どうしても溜まりやすい蛇口の元には、クエン酸を水に溶いて含ませたティッシュペーパーを巻き、上からラップ。顔のパックはしない私が信じがたいほどまめである。住空間を美しく保ちたい愛ゆえだ。

加湿器のフィルターの手入れも当然まめに。お手入れどきを告げるサインが点くたび、クエン酸入りの水に浸けて除去した。その私がまさかここまでこじらせるとは。

が、考えてみればリビングの加湿器は、書斎兼寝室のに比べて手入れの間が空いているような。取説を読んで判明した。お手入れサインは、水あかのつくのを感知してではなく、コンセントに差し込んで2週間すると自動的に点く。リビングでは冷たい風が当たらないよう、自分のいる位置により、コンセントから抜き差しして置き場を移動。2週間のカウントはそのつどリセットされてきたのだ。

水あかや黄ばみ汚れそのものに害がないとはいえ、こびりついた状態では水の吸い上げが悪くなり、風も空送りに。どうりでこの頃「風の音がこんなに大きかったっけ?」と思うことがよくあった（その時点で異変に気づけと言いたい）。ひいては電気代も無駄になるわけで。

クエン酸に浸けても完全には落とせず、変形も元に戻らず、こうなると交換か。フィルターは5年間持つと聞いたが、まだ2年だ。

取説を読めば、これも衝撃の事実。交換のめやすは1日8時間使用の仮定で算出したもの。24時間つけている私は、3分の1の期間で到達するわけで、とっくに取り替えどきになっていた（もっと早くに読めと言いたい）。

姫の家を維持するってたいへん。夏はダニ、冬は水あかを退治して。続けられる限りやるしかない。

掃除しやすく

掃除が前はおっくうだった。1週間に1度くらいは掃除機をかけなければと重い腰を上げる。気が乗らず、次週へ先送りしてしまうことも。今は、1週間に1度などの決まり事を設けなくても、体がおのずと動いている。掃除が好きになったわけではないけど、少なくとも苦にならない工夫を重ねてきた。工夫の七つをご紹介する。

一つ。床や台にモノをなるべく置かない。掃除がおっくうなのは、モノをどかす手間があるからだ。障害物がなければ、掃除機をかけるのもクロスで拭くのも、よりスムーズ。

部屋を飾るのは好きなので、テーブルやサイドボードに置物は載っている。が、全面を埋めることはしない。キッチンの調理台は、スパイスやハーブの瓶を並べるなど「見せる収納」をしているかたもいるだろう。目に楽しくても、拭く手間が増すのは事実。どちらを選ぶか考えて、私は引き出しにしまう「見せない収納」にした。

二つ。使っている小物はボックスに入れる。モノをなるべく置かないとはいえ、一時的にでも出しておきたいモノはある。レシートの整理、ボタン付けなど、作業中のモノ。それらは直にテーブルに広げず、ボックスにまとめると、掃除の際ボックスごとサッと持ち上げるだけですむ。私はＡ４サイズほどの布のソフトボックスを利用。よく使うリモコン類は、かごに入れている。

三つ。配線をまとめる。床を這うコードも、掃除にはとてもじゃま。壁沿いにコードカバーを取り付け、その中を通せばもっともキレイに収まるが、ＤＩＹの世界になる。おすすめはケーブルボックス。私の使っているのはティッシュペーパーの箱よりひと回り大きい木製のボックスで、コードの余る分をまとめて収める。床のあちこちに広がることはなくなり、つまずき防止にも。

宙に浮かせる方法もある。デスク周りはパソコン、プリンタなど何本ものコードが、壁のコンセントとの間につながっている。ゆるく束ねて、Ｓ字フックでデスクに吊すと、床はスッキリ。

四つ。家具の脚にフェルトを貼る。ダイニングテーブルなど大きな家具は、脚の間に掃除の手を伸ばすが、その他のサイドテーブルや椅子など小ぶりの家具は、脚をよけつつ掃除をするより、どかしてしまった方が早い。移動を楽にするのがフェルトだ。床の傷や音を防止する用途で売られている。

これを貼ると、床の上を滑らせて移動できるので、持ち上げずにすみ、力要らず。貼るのがちょっと面倒だが、一度貼ればしょっちゅう貼り替えることはないので、ここは頑張る。持ち上げずにすむ点では、キャスター付き家具にする方法もある。

五つ。掃除道具は取り出しやすく。掃除が面倒な理由のひとつに「道具を持ってくるのが面倒」ということがあると気づいて、掃除をする場、ないし、なるべくそばに置くようにした。

浴室を例にとると、掃除用のあみタワシと洗剤スプレーは、浴室の壁のポールに掛けておく。浴室を出る前に、床に洗剤をひと吹き。足の下にあみタワシを挟んでひとこすりすれば、汚れはそうそう溜まらない。トイレブラシをトイレに置くのと同様だ。

六つ。敷物はポイント的にあしらう。工芸品の好きな私は、カーペットや遊牧民の手仕事になるキリムやギャベを、床のほとんどに敷いていた。愛するものに囲まれて暮らすよろこびの一方で、掃除しにくくなるのもこれまた事実。

思い切って減らしたら、掃除は断然しやすくなった。置物と同様、全面を埋めつくさなくてもポイント的に飾るので、それなりの満足感は得られると知った。もちろん「愛が面倒に勝つ」こともあるから、一概におすすめするものではない。「見せる収納」と同じく、どちらをとるか考えて。

七つめ。使いやすい道具を選ぶ。私はコードレス掃除機と粘着シートが、性に合っていた。思い立ったときにサッと使える。使いやすさは、人それぞれ。ロボット掃除機にお任せしたい人、充電しなくてすむ箒(ほうき)が結局いちばんな人もいよう。

掃除が好きになったわけでない私も、掃除してスッキリしたようすは好きだと、掃除してつくづくわかった。自分に合った道具で気軽に掃除し、心地よく暮らそう。

ラップの端をはがしたい

しばしば起きる困り事だが、あまりに些細で人に相談したことがない。私にとってはそのひとつが、ラップの端を見失うこと。

箱の口に留めないうちに巻き戻ったり、斜めに切れて丸まったり。もったいながりの私は老眼鏡をかけて、ためつすがめつ眺めたり爪を立てたり、かなりしつこく探し続ける。それでもどうしても見つからず、一本まるまるあきらめることも。

何でもすぐ検索する時代。「さすがにこんなことまで、人に聞かなくても」とためらい頑張っていたけれど、もったいなさに耐えきれず、ついに調べた。

ある、ある、知恵と工夫の数々が。セロハンテープをラップの表面につけては離し、くり返すうち端にふれると持ち上がる。輪ゴムを表面に転がすと、摩擦で端が引っかかってめくれる。濡れ布巾で全体をくるんでこするとはがれてくる。冷凍庫に1分ほど入れると浮いてくるなど。これだけ出てくるということは、困っている人が多いのだろう。

輪ゴムを使う方法は、警視庁のおすすめだ。「必要な時に引き出し口が分からなくなりイライラした経験はありませんか」。はい、しょっちょう。

なぜに警視庁かと思えば、ラップは災害時にさまざまな用途で役立つそうだ。お皿に敷いて節水する。使い捨て手袋代わりに、縒(よ)り合(あ)わせて紐代わりに。体に巻いて寒さをしのぐ、骨折の疑われる部分を固定するなど、厳しい状況への対応も。「いざという時に備え、輪ゴムをラップと一緒に箱に入れておくのもいいのでは」。警視庁警備部災害対策課のツイートである。

このツイート、便利技がいろいろありそうだが、大量のつぶやきの中から探すのがたいへん。と思えば、すでに抽出してあった。ベストツイート集が、警視庁のホームページにある。

鋏(はさみ)がないときの袋の切り方、瓶の固い蓋の開け方など、「これに困っていた！」というものばかり。さながら暮らしの知恵袋。非常時の知恵は日常生活の知恵と、実は近いものと知る。意地を張らずに、もっと早く調べればよかった。

ちなみにラップはがしで、私がもっともうまくいくのはセロハンテープ。キッチンにあるものでできる点では、輪ゴムもまた捨てがたい。

温かいおにぎり

ときどき利用するおにぎりの販売店がある。よそで作って持ってくるのではなく、レジカウンターのすぐ後ろのキッチンでにぎっている。棚に切れている品も、頼めばその場で作ってくれる。できたてのおにぎりはふっくらとしていて、ぬくもりが炊飯器からよそいたてのご飯のようで、とてもおいしい。

知人に話すと驚かれた。「温かいおにぎりなんて中途半端。おにぎりは冷たくないと」。私の驚く番だった。おにぎりが冷たいのは持ち歩くからやむないことで、できれば皆ご飯は温かい方が好きかと思っていた。コンビニのお弁当だって無料で温められるくらいだし。

知人はご飯だけでなくうどん、パスタ、ラーメンも冷たい方が好きという。渋る私。パスタまでは許容範囲でもラーメンは、スープの脂が固まって胃にもたれそう。

知人がなるべく冷たくするのは、好みに加えダイエット効果を期待してのことだという。ご飯や小麦粉の麺類には、でんぷんの一種で食物繊維に似たはたらきをするものが含まれ、その成分は冷めると多くなると聞くから、太りにくいはずと。

知人とは水を飲んでも太りそうな年代の者どうし。気持ちはわかる。が、私なら冷たくするより、量を減らしてでも温かいものを食べる方を選ぶ。おにぎりも、昼に食べる機を逸して夕飯にあてる際は、電子レンジで軽く熱を入れるほど。梅干しが温かくなるのは微妙といえば微妙だが、気にならない。知人は「考えられない」とばかりに首を横に振った。

知人に言わせると、私はかなり温かいもの好きらしい。自分では当たり前に温めていて、人が聞いたら「えっ……」と思うようなものが他にもあるかも。

例えばどら焼き。電子レンジで10秒ほど加熱すると甘くなり、小豆の風味も増す気がする。「焼き」と名につくほどだから、熱を通すことに何ら違和感はないけれど、どうなのか。

温める人は少ないだろうと認めるのが納豆だ。冷蔵庫に入れておいたままでは、冷たすぎて消化に悪そう。ラーメンについても「もたれそう」と思ったように、私が冷たいものを警戒するのは、胃弱なせいもありそうだ。常温に戻すつもりで20秒。

ある日も20秒にセットしスタートを押した。加熱されている間に味噌汁をよそって「ん？」。20秒にしては余裕がありすぎる。

表示の残り時間は、1分何十秒とか。間違えて2分にセットしていた！

慌てて停止し扉を開けてのけ反った。発酵食大好き人間でたいていの臭いに動じない私も瞬間ひるむ強烈さ。風味どころか臭いが増しすぎだ。

納豆本体は熱が通りすぎ固くなっていた。もったいながりの私は頑張って食べたが、キッチンの換気扇を全力で回し、消臭剤を置いてなお、翌日まで臭いが残るほど。電子レンジは庫内を拭き掃除するはめになった。

冷たすぎはつらいが、温めすぎにも用心しないと。

麺の食べ方

胃腸が丈夫でないために、お腹が張らないよう気をつけている。医師によると、膨満感の原因のひとつは空気。食べ物とともに空気は呑んでいるもので、すする食べ方では特に、という。そうなのか。

麺類は、たしかにすすって食べている。社会人になってから、数人で蕎麦屋に行ったとき、静かに口中へたぐり込んでいたら、年長の人に忠告された。

景気の悪い食べ方はしない。すするのには理由がある。そばの香りがよく広がる。つゆもいっしょに味わえる。熱いそばなら、吹いてさますのと似た効果があり、やけどを防ぐと。

忠告に従うと、なるほどと思う一方、つゆは飛びやすくなると感じた。麺の束を不揃いに吸い上げて、最後の一本を収めるとき、勢いで端っこがピッと跳ねる。あの瞬間「あっ、ついた」と意識する人は多いだろう。服のしみだ。白い服で出かけたとき、何かの流れでトマトソースのスパゲティを食べることになると「万事休す」と思ったものだ。

前に訪ねたオランダで、パスタ店の光景が印象的だった。若い人たちが皿を前に楽しそうにしゃべっていて、その手は揃って、フォークを縦に持っている。皿の上に突き立てて、先にパスタを巻く。会話の間も休むことなく回し続け、パスタはしだいに玉状に。ぞんぶんに丸めたところで、フォークに刺した団子をひと口で食べるように、パクリと。

「あれだと、パスタが細長い紐状（ひもじょう）である必要ないのでは？」と思った。スパゲティもラビオリもラザニアも、食感が変わらなくないか？

私の疑問は、あながち外れでなかったかも。同じ店で中年のご夫婦は、ナイフでパスタを短く切ってから食べていた。

麺をすするのは日本人だけ、音を立てるのは海外ではマナー違反、と聞く。翻って海外での一般的な麺の食べ方は、どういうものか。海外経験豊富な人に聞いてみたい。

オランダで驚いた食べ方は、今の私に合っているかも。口に運ぶまでに玉が崩壊すると悲惨だが、そうならぬコツをつかめば、固く巻き締めた麺は空気をあまり含まぬはず。はみ出た一本の「ピッ」もなくなり、しみを防げるように思う。

肥満スイッチ

体脂肪率が上がってきた。運動に行く回数は変わらないのに不思議である。食生活も従来どおり油っこいものはなく、ローカロリーの和食だ。太る要素がいったいどこに。

「もしかして」。思い当たるとすれば、和食の内容が変わっていること。浅漬けと煮物を常備するようになった。物価上昇への家計の防衛策として、大根や白菜を一本ないし一株、余さず使う。従来していた糠漬けや鍋ものでは使いきれず、浅漬けや煮物をまとめ作りし、日々食べる。

そうしてみて気づいたのだ。砂糖の減りの速いこと。前はひと袋がなかなかなくならなかった。市販の惣菜や弁当は甘すぎると感じていた。芋の煮付けはご飯のおかずというより、きんとんのよう。佃煮にいたっては飴をからめてあるかと疑うほど。

大根や白菜を調理するにあたっても、砂糖の出番はないと思っていた。浅漬けはだしと塩の他に入れるとしたら白醤油くらいか。煮物は多少甘みがほしいが、みりんで充分だろうと。

実際に作ってみると、それだけでは何か塩辛さが突出するというか。砂糖を加える方がバランスよくまとまる。

和食は意外と砂糖を使うと聞いたことがあったけれど「本当だな」とうなずく。かつては袋の口を輪ゴムで結わえたまま冷蔵庫の中で固くなっていたのが、たちまち空に。甘く仕上げるつもりはなくても。砂糖の摂取量は確実に増えた。

さらに塩も肥満と関係するという説があるのを知った。塩なんてカロリーゼロなのになぜ？　研究者によれば、塩をたくさん取ると脂肪を溜めるスイッチが入るそうだ。塩分の血中濃度が上がり、干ばつ状態にあると体が勘違いして、備蓄をはじめるらしい。

塩分もまた、和食には多いといわれるもの。漬物、煮物、干物、味噌汁の献立では、ついつい摂取していそう。糖分や塩分そのものが悪いわけではないけれど、取りすぎに注意していかないと。

他方、私の肥満は「季節性」のものではという希望的観測もある。寒さへの対応で脂肪がつきやすい時期であり、温かくなれば元に戻るのではと。春が待たれる。

つとめて減塩

減塩をはじめている。健康診断で腎機能がC判定を受けてしまった。Cは要生活改善・要再検査、Dになると要精密検査や要治療だそうだ。改善の方法は、塩分を控えることという。半年後の再検査のとき効果が上がっているのを目標に、取り組もう。

それにしても減塩が、わがことになろうとは。血圧高めの知人たちは、日頃より気をつけている。私は逆に血圧低め。もともとの味つけも薄味だ。よそでお弁当をいただくと「皆さん、よくこれで喉が渇かないな」。正直、減塩は自分のテーマではないと思っていたが、とんでもなかった。

減塩の手引きをいくつか読むと、共通項がつかめてくる。感想を交えつつ紹介したい。

まず薄味に慣れる。

だし、酢、香りを効かせる。具体的にはショウガ、ネギなどの香味野菜、ゴマ、ノリなどの香ばしい食材を加える。焼き目をつけて香ばしさを出す。減塩の物足りなさを、旨味や風味でカバーするのだ。

かけるより、つける。おひたしやお刺し身の全体に醤油の回しがけをしないで、小皿にとり、少しずつつけながら食べる。わが家の醤油差しは、てっぺんを押すと一滴ずつ垂らせるものだが、「あっ、かけすぎた」ということはしょっちゅう。なかなか出ないのでついムキになり、押しっぱなしで思い切り傾け、どばっと。目が詰まっているのだろう。定期的に洗ってメンテナンスせねば。

加工食品、酒のつまみや「しめ」に注意。つまみには味の濃いものが多いと聞く。「しめ」はラーメンとかお茶漬けとか？　私はお酒を飲まないけれど、加工食品についてはどうかというと、かまぼこなどの練り物はほとんどとらない。うどんは好物。あれも麺そのものに塩分が結構入っているそうだ。そこへ醤油味のつゆが加われば……。

汁は残す。これは私はできていない。煮魚の汁なんて「ここにこそ旨味が凝縮されているのだ」とご飯にかけるか、飲み干すか。

改善の余地はまだまだあると、読んでわかった。

煮魚の汁は、余らせる。

うどんのつゆは、麺つゆなら一発で味が決まるところを、ぐっとこらえ、だしを相当効かせて、麺つゆは仕上げ程度に。

私の好きな甘辛味の煮物、いわゆる「茶色いおかず」は醤油を控えめに。それによる色の物足りなさは、砂糖を黒糖に代えて補う。

　野菜をゆでたり魚を焼いたりする際、習慣で塩をふりそうになるのも「こういう、何にでもちょっとずつ入っているのがよくないのだな」とがまん。なのに食べて「あれっ、塩をしたっけ？」と錯覚するのは、食材そのものの塩分を感じ取れるようになったのか、あるいは脳内で塩をふることができるようになったのか。いずれにせよ、よい傾向だ。

　たまにアクセントとして、アジフライにソースをどほどぼかけたくなるものの、総じて順調。半年後の再検査が楽しみだ。

治療もたいへん

いつもの紅茶をひと口飲むと、いつになくしみる歯がある。左上の奥の1本だ。ずいぶん前に虫歯を治療し、その後もいっぺん詰め物が取れたことがあるような。不穏である。まさか虫歯が再発したとか。「いや、単なる知覚過敏かもしれないし」。気持ちを立て直したところで、口中にポロリと何かが落ちた。

歯が欠けた。否、欠片（かけら）の域を超え、小指の爪ほどの大きさとカーブ。詰め物をしたところの周囲が割れたと思うべき。

うなだれる。このところ壊れることが続いている。長年使ったステレオコンポの次は歯。これも経年劣化だろうか。使い込んだ期間は、ステレオコンポ以上だ。

加齢により脆（もろ）くなると聞く上に、この歯はもっとも力のかかる1本。歯ぎしりの負担を軽減するため、睡眠時はマウスピースを装着するが、この歯のところだけ穴が空いている。何ごとも一心に行う性格。睡眠時でなくても無意識に食いしばっていそうだ。まな板で何か刻んでいるときとか、古紙回収に出す段ボール箱をつぶすときとか。

マウスピースの穴の放置の示すとおり、メンテナンスを怠っていたせいもあろう。前は定期的にクリニックへ汚れ落としと点検に通っていたが、コロナ禍で習慣が途切れてしまった。

うなだれてはいられない。残った歯は紅茶どころか息もしみるありさまだ。クリニックの診察券を引っ張り出し、電話する。

担当医のいない日で、治療は後日担当医と相談してからになるが、応急処置ならできるとのこと。「お願いします」と頼み込んだ。

恥ずかしながら歯を削るのが恐怖である。応急処置では削るかどうかわからないが、息すらしみる歯。器具が触れるのからして恐怖。麻酔をしてくれるよう、これも重々頼み込んだ。

麻酔のおかげで、痛みはないものの、旋盤機械を押しつけられるような圧と響きは相変わらず。工場のような音の数々を口中に聞きながら「これは超高齢者となってからでは厳しいかも」と思った。

治療は受け身なだけではない。特に歯の治療では「阿吽の呼吸」といおうか、することに応じて開けたり閉じたりが求められる。

水をかけられながら、吸引の管が舌を刺激する状況は、今の私でもむせそうになり、顎は下げつつ喉を締めておくという、複雑な筋肉運動をしている。誤嚥（ごえん）のリスクの出てくる年代ではどうか。

開け続けておく状況では、顎の疲れるのもさりながら「今は開けておくべき」ということを覚えていられるだろうか。父を耳鼻咽喉科の応急処置で病院に連れていったとき「口を開けて下さい！」と何度言われてもすぐ閉じてしまいかけ、非常に焦った。

認知症で記憶の保持が困難になると、こういうところへも影響するのか。そのときは父の前で私が口を開け、つられて父が開けることで、なんとか処置を終えたのだった。

治療ができなくなるとは言わない。が、サポートは必要で、たいへんにはなりそうだ。担当医と治療方針を相談する際は、先々のことをよくよく考えねば。

長持ちさせたい

家にいて突然歯が欠け、応急処置の仮歯を入れた。担当医のいる日に出直し、治療方針を相談する。担当医によると割れたのは、過去に虫歯治療をしたときのセラミック。ほっとする。「自前の歯」かと思って、先々を案じていた。衝撃が加わったわけでもないのに欠けるなんて、どれだけ脆くなっているのだろう、同様のことが他の歯にも次々起きてくるのではと。

それにしてもすばらしい出来。欠け落ちたものは、老眼鏡でしげしげと見たが、色といい質感といい自前の歯と疑わぬほどだった。セラミックでここまで再現できるのだ。新たな虫歯はできておらず、差し歯や入れ歯でなく元の歯に被せるのですむとわかり、さらに安堵。

私の希望は一にも二にも長持ちするのを優先したい。仮歯を作る際、むせないよう口を開け続けていて、もっと年をとってからの治療はたいへんになると感じた。顎の疲れ、誤嚥の心配、何よりも認知症になったときスムーズに治療を受けられるかどうか。できればこれを最後に治療しなくてすめばいいのだが。

先生のいうに、耐久性と安定性ならゴールド。歯ぎしりや食いしばりに強い。「ゴールドにします」。即答した。奥歯なので色が目立つのは気にならない。

気になるとすれば、その選択により今後受けられなくなる検査や治療が出てくるかどうか。ＭＲＩでは体に金属が入っていないか、美容医療では顔に金の糸を入れていないかを、よく聞かれる。

先生はそのデメリットはないとしながら、私の前に手鏡を差し出し「この歯です」と指す。

「んー」。唸る私。微妙だ。奥歯といっても、いちばん奥ではない。しかも、本来の位置より前に来ているかも。昔すぎて忘れていたが、20代の終わりに歯列矯正で、ひとつ前の歯を抜き、間を寄せたのだった。とびきりの笑顔のつもりで口を横にめいっぱい広げると、見えなくはない。「前言を翻して恐縮ですが、やはりセラミックがいいか……」。迷いはじめる。

すると先生から新たな提案。もっとも力のかかる部分をゴールドにし、見える部分だけセラミックにする方法もあると。そんな合わせ技が可能とは！　「お願いします」。

価格はその分高くなり13万円ということだが「結構です」。どうも私は話半分で即答してしまうようで、説明には続きがあり、ただし前にセラミックで作ったときの4万円を引いて9万円にするという。

良心的。前のセラミックだって何年も使ってきて、4万円をかけたかいが充分あったと思うのに。

元をとろうとする発想ではないが、投資すると長く使い続ける意欲がわく。手はじめにクリニックでの定期的なクリーニングを再開。

コロナ禍でも人間ドックは年にいっぺん受けていたのに、歯についてクリーニングはおろか検診すら3年間スルーしてしまった。食いしばりから歯を守るため、デスクワークの際なるべく口を半開きにしておくよう指導されながら、それも怠っていた。これを機に歯の健康管理につとめよう。

薬を飲むなら

病院で処方してもらった薬を、家に溜め込んでいないだろうか。次に似たような症状になったときのため、とっておいてはいないだろうか。

気持ちはわかる。あると安心。市販薬よりよく効くし、次に起きたとき、病院へ行けるとは限らない。病院が休みかもしれないし、そうでなくても、わざわざ出かけていくのはたいへん。

でも救急箱のようなつもりでとっておくと、かえって危うい。そう実感した体験談だ。日頃から便通に気をつけている。腸を手術したことのある私は、何カ所か通りが悪くなっているところがあり、詰まりやすい。予防のため薬はもらっている。便通が滞りそうなときに飲むもので、これは常備薬として出ているので、とっておいても問題ない。

日頃はほとんど飲まずにすんでいる。「腸活」になるといわれる糠漬け(ぬかづけ)や納豆をよくとるせいか、便通はいたって順調。数カ月間服用していなかった。

台所に立つのが面倒になったある日、昼食、夕食とも買ってきたものにした。すると夜中からお腹が張るように。

翌朝も翌々朝も便通はない。「これは早く出した方がいいかも」。もらってある薬を、限度量いっぱい服用した。

おかげで腸の方は解決したが、今度は胃の調子がいまひとつ。問題はここからだ。前に胃のことで病院にかかったときもらって、よく効いた薬がある。「あれを飲もう」。説明書を読めば、1日1回。

1日目、変化はみられず。

2日目、依然として調子は戻らず。

3日目、改善は感じられず、むしろ悪くなっているような。

一食とると胃にもたれ、空腹を感じない。三食とる上に間食もする日頃の私とは、別人のようだ。胃カメラはこの前受けたばかりだけれど、念のため病院へ。

便通が滞りそうになったところから経緯を話すと、先生から説明が。私が腸のため飲んだ薬には、胃酸を中和するはたらきもある。加えて私が胃の方で飲んだ薬は、胃酸を抑えるもの。胃酸は消化に必要で、少なすぎても調子は悪くなると。そうだったか。

胃酸というと胸やけや潰瘍を連想し、過多ばかり気にしていたが、少なくなる方にも注意を払わないといけないのだ。

来てよかった。あのまま胃酸を抑える薬を飲み続けていたらと思うと、ゾッとする。治るどころか、ますます悪くなっていた。

「薬を自己判断で飲み続けるのは危険です」とよく呼びかけられているのは、こういうことか。前に飲んで助かった薬でも「そのときの私」に合わせたもの。「今の私」に合うとは限らない。ましてや人にあげるなど。

すぐに病院に行ければいちばんいいし、行く前に飲んだ薬があるなら、何をいつどれくらい飲んだか、報告しよう。それには、飲んだらメモしておかないと。

身をもって知った次第である。

一病息災

災いは忘れた頃にやって来る。持病の再発もそのひとつ。腸の通過障害が今頃になって、また。

形からして詰まりやすくはある。20年以上前のがんの手術の後遺症で折れ曲がったり、細くなったりしているところが複数。再発を防ぐ薬は服用しているが、何かのきっかけで飲食物を送れなくなる。消化しにくい物を食べた、咀嚼（そしゃく）がおろそかになった、冷え、疲れ、長時間の座り姿勢など。手術歴を持つ人には「あるある」だろう。

20年以上の付き合いでも、始まりを察知するのは難しい。最初から腸の症状として現れるわけではなく、だるい、力が出ないなど。風邪や乗り物酔い、睡眠不足とも似てまぎらわしいのだ。

前回は新型コロナウイルスの医療逼迫（ひっぱく）のただ中で起き、たいへんに往生をした。再発を恐れしばらくは、やわらかめに炊いたご飯を少しずつ口に運び、咀嚼に集中するという、修行僧のような食事をしたものだ。時が経ち、喉元過ぎて熱さを忘れかけていたか。

その日も何ら異変はなく、意欲満々でパソコンに向かっていた。夕方までに書きものを仕上げ、夜からはジムへ行くことを目標に、デスクの後ろにはダンスシューズをすでに用意。

途中からどうも気分がすぐれなくなり「張り切りすぎて頭に血が上ったかも」。書きものはあきらめ、レシート整理に切り替えた。

腸の通過障害が起きていると気づくまでは、目標を修正してはあきらめ、再修正の繰返しだった。レシート整理もつらい、ジムへ行くまでいったん寝よう（睡眠不足と思っている）↓ダンスの時間だが起きられない、遅い時間のストレッチだけ行こう（頭に血が上ったからで、全身へ流す方がいいと思っている）↓行くのは止めて、もう少し寝てから、温かいうどんでも作ろう（風邪の引きかけを疑いはじめる）↓もしかしてイレウス？　うどんなんてとんでもない。

これ以上飲食物を入れず、腹を温めるなどして、腸の動きの再開をひたすら待つのが、家でできる対処法だ。痛みが強まったり絶飲食により脱水症状が起きたりすると、病院行きとなる。

今回は家でなんとかなったが「危なかった」。ひとたび起きたら日常をストップし、横になって湯たんぽを腹に載せ耐えるのみ。時間までキイボードを叩き、自転車を駅へ走らせ、めいっぱい運動して帰ってくる、ふだんの自分がウソのようだ。「出力の少ない目標へと下方修正を繰り返し、活動が最小化していくのが、衰えのイメージか」と先々の老いまで想像してしまった。

病が治っても「なかったこと」にできるわけではないとも改めて感じた。加齢で腸のはたらきが弱る今後はむしろ起きやすくなると、前回聞いている。がんサバイバーの高齢化は今日的な課題だそうだ。残る体や機能への影響がフレイルにつながるリスクである。医療の恩恵により還暦を迎えられた身としては「老後があっただけ幸運」との思いがあるが、そう単純ではないらしい。

始まりの察知によりつとめ、日常を保っていこう。

少しゆるめがいいみたい

持病というべき腸の通過障害に久々になり、今回は自宅で療養した。入院だと絶飲食で、体に必要な水分やイオンは点滴でとるが、自宅だとそうはいかない。なるべく食べない方法として、砂糖と塩でエネルギーとミネラルをとり、少量の水をおそるおそる飲む。体の機能は維持できるものの、力は出ない。加湿器のタンクの蓋の開け閉めにも苦労する。仕事と最小限の家事の他はおのずと後回しに。

ちなみに皆さん知りたいかもと記せば、その準絶食を数日間続けても体重は意外と落ちない。せいぜい1キロ半。しかも筋肉から先に落ちていき、脂肪摂取ゼロでも体脂肪率はむしろ高くなる（泣）。

回復後、家の中を見渡し思った。入院のような社会生活の中断はないものの、出力低めだと、日常生活のある種のサイクルはストップする。

玄関には段ボール箱が放置されたまま。冷蔵庫内の食材は手つかずで、作りおきの煮物や漬物は変質してしまっていた。洗濯物は溜まり、鏡を覗けば頭髪の根元がごっそり白く。

ふだんは届いた荷物を即開封し、箱はつぶして、それぞれの収納場所へ。食材は週1回まとめ買いし、煮物や漬物にして少しずつ、確実に消費。洗濯はこまめにし、白髪は週1回のカラートリートメントでケア。

それらシステマチックな暮らしがいかに「フルに動ける自分」を前提としているかを痛感する。前に自分の整頓好きを「強者の収納」かもと書いたことがあったが、収納のみならず全般にそうかも。出力が下がるとたちまち崩壊……とまでは言わないが、システムに綻びが出る。

知人が息子について語っていたことを思い出す。40代、親と別の家でひとり暮らし。新型コロナウイルスに感染したときは、1週間の自宅療養を求められ、うち3日間は熱が出た。親へは治った後に電話で報告が来た。

「困ったでしょう」。少しは心細かったのではと知人が問うと「全然」。息子いわく、今は通販やネットスーパーがよくできていて、うどんでもトイレットペーパーでも玄関先まで持ってきてくれ、まったく不自由しなかった。

息子さんの言うことは半分同意。けれど玄関先から中へ引き入れ開封するのは、熱のある身にはこたえるだろうし、つぶす力の出ない段ボール箱が溜まっていくだろう。そういうことに気が弱らないのが、60代との違いだろうか。

考えてみれば私も40代ではイレウスがもっと頻繁だったが、めげなかった。腸の手術から3年しないうち、向こう見ずにもなんとモンゴルのゴビまで仕事で行っている。いちばん近い街ですら、道なき道を何十キロ。持病が起きたらとても危険にもかかわらず、そのときの私はなぜか起きないと信じ「病後の私にこんな旅の機会が与えられるのも天の配剤。草原の風が私を呼んでいる」くらいの気でいたのだ（呼んでいません←草原の声）。

無謀は慎むにしても、あの頃の無頓着さを少し取り戻そう。併せて日常のシステムをもう少し緩くしておこうと思うのだった。

旅する体力

ツアーの広告をよく目にする。新聞の全面を埋め尽くしていることもある。びっしりと詰まった文字に、旅の気運の高まりをむんむんと感じる。

行きたいところはたくさんあり、行けば楽しいだろうとは思う。一方で巣ごもりが身についてしまった。

週1のスーパー、週数回のジム、在宅ワークで充分。今の生活スタイルが性に合っている。行動範囲を急速に拡大はせず、当分維持したい。外出を控える暮らしへの適応が急だったため、過剰に適応してしまったかも。

コロナ禍前、旅の取材はときどきあった。あの動き方はもう無理かも。早朝に羽田に集合し、午前中2カ所、午後に3カ所回って、昼食夕食、夜の温泉も欠かさずメモし、翌日もまた。仕事の旅ではもはや私が最年長。しかもコロナ禍の3年分年をとっている。「仕事で旅ができるなんていいね」と人に言われることはよくあり、和をもって貴し(とうと)と為す私は否定しないが内心「いや、それは……」と思う部分はあったのだ。お調子者のため、さきに述べたように行けば楽しめるが、元気なときの話。疲れたり体調がいまひとつだったりしても有無を言わせないのが仕事である。

その点はツアーも同じか。参加者の満足のため観光地はめいっぱい巡るだろうし、とにもかくにも旅程は進む。

とするとコロナ禍明けの私の旅の再始動は、ひとり旅か。行った先で気が向かなければ、ホテルでひっくり返っていられるし。

海外となると話は別だ。今の私はひとり旅を考えられない。まず言葉ができないし、安全管理も隙だらけ。今の暮らしにおいても詐欺、戸締まり、ジム帰りの夜道には気をつけているが、コンビニのセルフレジや外食チェーン店のパネル式券売機では、操作に頭が行っていて、後方への注意はゼロ。こんな人が外国の空港に着いたら、鴨（かも）がネギを背負って突っ立っているようなものだろう。

ツアーである以上「旅程は進む」原則は国内と同じだ。身体的条件はむしろ海外の方が過酷である。時差ボケ、緊張、慣れない気候や食事など。

移動の負担を減らすというシニア向けのあるツアーは、飛行機はビジネスクラスを利用する。よさそうと思い代金を見ると、1週間の旅で国民年金受給額の1年分が消えそうだった。

清水の舞台から飛び降りるなら、クルーズも負担を減らす方法ではあろう。ホテルを移るたび必要なパッキングがなしですむ。下船してのツアーに参加せず、部屋で寝ていても構わない。レストランでのドレスアップや社交がおっくうだけど、ルームサービスがあるかもしれず、私の習慣になっているジムも大きな船ならあるというし。「何しに旅するの、家でよくない？」という声がしそう。

現実問題、ツアーについていけるのは何歳くらいまでだろう。前々から旅は老後の楽しみ。時間に余裕ができたらいつか行きたいけれど、そうこうするうち適齢期を過ぎてしまうのでは。いつまでもあると思うな、旅する体？　ツアーの広告を見るにつけ悶々(もんもん)とする日々である。

案外じょうぶ

ある日の昼、上機嫌でキッチンに立っていた。イレウスから回復して以来、食べるのも作るのも新鮮だ。持病はないにしくはないけれど、あればあるで治ったとき日常がリフレッシュされる。

作っていたのはあんかけご飯。イレウスの回復途上、飲み物にとろみをつけていたことから思いついた。白菜、ネギ、干しエビ、乾燥ユバを水煮し、粉しょうがその他で味を調え、片栗粉を溶き入れる。味見して感動。あり合わせの材料でこんな一品ができるとは。

電子レンジにご飯をセットすべく、調理台に背中を向けた瞬間「ああっ！」。動揺を表すことの少ない私が、このときばかりは叫んだ。背中が鍋の取っ手に接し、ひっくり返した。キッチンマットの上に、みごとに逆さに。

悲しい、仕方ない、不運ではなく不注意、でもあきらめられない。あんなにうまくできたのに、もったいなさすぎる。

頭に浮かんだのは「3秒ルール」。そう、あの、食べ物を落として3秒以内に拾えばだいじょうぶという、迷信にしては現代的な「秒」という単位を含む、謎の言い伝えだ。足で踏むところだから躊躇はあるが、踏むのは私だけだし、ソックスは毎日変える。キッチンマットもまめに拭く。水を吸わないポリ塩化ビニル。あんは厚みを保っている。接地面すれすれをすくって鍋に戻す。「菌が付いていても煮れば死ぬ」と自分に言い聞かせて。さじで口に運ぶ瞬間「塵か？」と疑う黒い点が見えたが、干しエビの目と思うことに。お腹は別にこわさなかった。

考えてみれば、子どもの頃はもっと危ういことをしていたのだ。親は食べ物のなかった頃を知る世代。残りご飯がいくらかぬめっても「ぬめりを流せばだいじょうぶ」とざるで洗って雑炊にした。ゆうべのアサリの味噌汁は、臭いで判断して食べた。今ほど冷蔵庫に入れる習慣はなく、鍋のままひと晩越すことがざら。カレーなんて少々味が変わってもわからなかったかも。

同世代の知人も似たような思い出を語る。家では到来物を届いた順に食べるのが決まり。子どもはバウムクーヘンの箱を開けてほしくてたまらない。ようやく番が来て開けると、表面にカビがびっしりと。わっと泣き出す子どもに、父親は厳かに断言した。「カビをこそげれば食える」。

「それでお腹をこわさなかったから、菌に耐性があったんだな」。知人は述懐する。賞味期限の表示はまだなかった頃のお話だ。

おすすめできる食べ方ではないが心強い。体力が衰えたり調子を崩したりすると「虚弱な自分」像を持ってしまいがちだけれど、育ってきた時代環境による丈夫さもあるのでは。ちなみに3秒ルールと同様の言い伝えは諸外国にあり、種々の科学的な検証が試みられているそうだ。落ちてすぐ菌は付着するから誤り、いや、やはり落ちていた時間による、時間よりも落ちた場所による、落ちたものの水分による、など諸説ありとか。

真偽のほどはわからぬが、今回は煮沸消毒もよかったものと分析している。

健康投資

老後とお金を考える上で女性として気になるのは、平均寿命が男性より長いこと。結婚している人でも、１人になる確率が高い。

かつては老後資金の話だと「夫婦ふたりで月々いくら、ゆとりある暮らしをする場合はいくら」という数字が示され、違和感をおぼえたものだ。「１人なら単純に２で割るわけにはいかない、風呂にしたってわかす光熱費は２人も１人も同じだ」と。今は女性１人の場合がすぐに出る。ソロ社会が進んだのだろう。

女性の老後の生活費の平均は月約14万円とのこと。×12か月×（平均余命－今の年齢）で必要なお金がだいたいわかる。節約せねば！

病気と親の介護をした経験から言えるのは「健康は節約になる」。介護については説明を要すまい。病気については、医療費は一定額を超えると、高額療養費制度のおかげで戻ってくるが、それ以外の周辺的なところで何かとかさむ。体力が落ち、贅沢をしたくはないのに、心ならずタクシーに乗ることもあろう。

健康だと、そうした支出を防ぐほか、細々ではあっても働いて収入を得る可能性にもつながる。

悩ましいのは「健康にはお金がかかる」こと。野菜、魚などからバランスよく栄養をとろうとすると、炭水化物頼みより高くつく。運動を習慣的に行えるジムや、人間ドックの費用も。いわゆる健康投資である。

それはだいじと考えて、今はジムに月々1万5千円ほど払っているが、年金生活になったら正直、厳しい。今後の仕事と預金残高の推移によっては、投資の仕方も考えねば。自治体のスポーツ施設の利用とかウォーキングとか、よりお金のかからない運動へシフトして。生鮮食品の質を落とすのはつらいが、納豆やヨーグルトなど、銘柄は同じで販売店により価格の違うものは、より安いところを探すとか。

健康寿命と平均寿命との差が男性より長いのも、女性の老後とお金で気になるところ。病気や介護は予防しきれるものではないけれど、2つの寿命を近づけるべく努力していきたい。

「買ってもやらない」を改める

美容機器を買うことにした。まさかである。ふだんは年に2、3回美容医療に行く以外、ほぼ放置。洗顔後乾かないよう何か塗るくらいで。

その機器はメイクを専門とする人が持っていた。仕事でときどきお世話になる際、メイクの前に顔に当てる。固定電話の子機のようなものを、フェイスラインに沿って這わせていくのが、心地よい。皮膚を小さくつまみ細かに震わせるような感覚が、顎から耳へ、頰からこめかみへ移動する。筋肉を刺激するらしい。

メイクの後も仕事が進み、その場で自分の顔を「鑑賞」する暇はないが翌日や翌々日、洗顔後ふと鏡に映った折などに、なんとなく調子がよく感じられ「そういえば」と気づくのだ。

よさそうに思いながら購入を考えなかったのは、買っても十中八九、いや、限りなく十に近く「私はやらない」。いくらよくても使わなければ、ないのと同じ。

美容関係はたいていいそうだ。マッサージ器の宣伝ではよく、テレビを見ながら顔に転がすだけ、カラートリートメントは、わずか10分で染まるとうたっているが、時間貧乏の私は「みんなそんなにテレビを見るの？　そんなに長風呂？」その割に、ネットでソープボトルなど探していると、40分くらいたちまちのうちに経つのだが。

先日再びメイクの前に当てていただく。やはり心地よい。その日は念入りに、額から生え際へも。「頭と顔はつながっていますからね」。頭頂部まで来て「おっ」。私の中のスイッチが入った。

美容院でもサービスの頭皮マッサージを、至福としている。スタッフが指の腹を押しつけ必ず「凝っていますね」。自分でもときどきほぐそうとするが、硬すぎて指が入っていかない。この機器があれば。

顔についても、年に2、3回の美容医療頼みでは、行ったばかりと、6カ月ないし4カ月間下降し続け底を打ったときとの、差が激しそう。平準化する方が望ましい。販売元など教えてもらった。

頭皮関連で、記憶が揺すられ、帰宅後探索したところ、ヘッドマッサージ器が箱に入って、クローゼットの奥にあった。どのくらい昔か忘れたが少なくともコロナ前、通っていたスポーツジムに出張販売に来ていて、買った。

パールホワイトだったと推察される箱の紙は黄ばみ、開けると、本体もアダプターもプラ袋に包まれ、指紋ひとつなくピカピカ。1回も使わなかったわけか。この品の処遇は別途考えるとして、過ちを繰り返してはならじ。

販売元へわざわざ出向き、使い方の実習を受けた。1回5分、3日に1回が推奨だそうだ。価格は……言うのがこわいがおおまかに家賃くらいとしておこう。

箱にしまったままでは、ヘッドマッサージ器と同じ轍を踏む。とにかく出し、洗面台下のブラシなどを入れてあるところへ。空箱はただちにつぶし、人に譲ったりフリマに出品したりするような退路を断つ。

3日後、第1回の使用。「買ってもやらない」からは大きな進歩だ。2回、3回と続けねば。

無駄なく使う

諸物価が上がっている。国際情勢による原料不足、円安などが背景にあるという。日用品、食品など「買わない」ことのできないものが多々。ならば「買ったら使い切る」のがせめてもの節約になるのでは。

取り組みやすいのが食品だ。まとめ買いに買いすぎを防ぐ効果があるのは、すでに感じている。コロナ禍の最初の頃、スーパーへはなるべく週に1度と呼びかけられて以来、習慣づいた。「1週間分の献立をあらかじめ決めるなんて、よほど計画的な人でないと無理」と思ったが、発想が違っていた。献立をもとに買うものを決めるのではなく、買ったものをもとに献立を決めるのだ。

単身世帯の私は、いわば行き当たりばったりのその方法で対応可。問題は売っているひとつひとつの分量が多いものだ。今の季節なら袋入りみかん、大根、白菜。気を抜くと余りそうで、追われがちになる。

「浅漬けは楽よ。ほんと、簡単」と知人は言った。市販の調味液とともに、ポリ袋に入れておくだけ。揉むことすらしない。季節を問わずたいていの野菜でうまくいくので、余りそうになったらとにかく漬ける。おかげで無駄が出なくなり、野菜不足も解消されたと。それは耳より。

調味液とはいかなるものか。スーパーへ行けば、あるある。小ぶりのペットボトルでたくさん並び、どれを選べばいいのやら。

成分を読み比べるうち、共通項がつかめてくる。塩、酢、砂糖、なんらかのだし。醬油と香辛料は入っていたりいなかったり。家にあるものでできるかも。試作することにした。

水にさきの基礎調味料プラス昆布だし、鷹の爪を加え、好みの味に調える。大根はやや長く置き、白菜は塩加減によっては半日でいい。あっさり味でたくさん食べられ、白菜4分の1などあっという間。調味液を私は作っているけれど、市販のもので目的にかなうことは、知人の語るとおりだ。

節約という点で、もったいなく感じるのはポリ袋。これも値上がりしたひとつで、洗って再利用しようかと思ったが、衛生面で推奨されないらしい。

それにしても国際情勢が献立や食品保存袋の使い方まで考えさせるとは。「世界は一つ」を実感している。

電気代がたいへん

電気代の上がり方が驚きだ。冬のある月、玄関ポストに入っていた引き落とし通知を目にして、棒立ちになった。かつて見たことのない金額。これからもっと寒くなる時期だった。それまでと同じ使い方をしていたら、たいへんなことになる！

節電につとめ、次の月は少し下げられたから、一定の効果はあったといえそうだ。冬に試みた工夫だが、季節が変わっても応用できるものがありそうなので、書き留めたい。

そもそも電気は、温度を上げ下げする際多く消費するといわれる。すぐ思いつくのはエアコンだが、他にも温度に係わるものはいろいろある。

例えばトイレの便座の暖房や洗浄水。初期設定のまま、深く考えることなく使い続けてしまいがちだ。冷たさに縮み上がるのは血圧に悪そうだから「切」にしないまでも、改めて座ってみて「ここまで温かい必要はないな」。便座、洗浄水とも、もっとも低い設定に。夏には、少なくとも便座は切ってよさそうだ。むしろひんやりして心地よいのでは。季節に応じて、こまめに調節していこう。

冷蔵庫も「ここまで冷やす必要はないだろう」と「強」から「弱」にした。こちらについては暑くなったら「強」に戻すつもり。代わりに、開け閉めはさっとすまそう。それには庫内を整理しないと。覗き込んでごそごそと探していては、せっかく冷やした空気が逃げてしまう。庫内は詰め込まない方が効率よく冷えるそうだから、一石二鳥だ。

開け閉めといえば、カーテンも工夫できる。朝は家じゅうのカーテンを開けて、光を入れたくなるけれど、昼間いない部屋、例えば寝室のカーテンは、起きて体内時計が整ったらまた閉める。冬にカーテンと窓の間に手を入れてみて、カーテンがいかに寒さの侵入を防いでいるかを知った。夏は室内に入り込む熱の、実に7割が窓からだそうだ。

整理がだいじと、冷蔵庫のところで述べた。似たようなことでいえば手入れが、家電の効率よい使用、ひいては節電につながる。

加湿器はフィルターを掃除。私は、本体内の気化フィルターについては、水あかがつくと効率が落ちると聞いて、浸け置き洗いにつとめていた。対して吸い込み口のフィルターは何もしてないと気づき、外してみると、埃がまるで布団の綿のような厚いシート状をなしていた。空気清浄機やエアコンのフィルター、キッチンや浴室の換気扇など、風を通すところは例外なく埃が溜まるといっていい。節電のためには除去あるのみ。

かく言う私も、脚立に乗るのがこわくてまだしていないのが、電気のかさの掃除である。

見上げれば、うっすら曇り、虫の死骸らしきシルエットまで。埃を落とせば少なめの光で明るくなって、節電につながるはず。

冬は家の中の温度差によるヒートショック、夏は熱中症に注意が呼びかけられるとおり、暑さ寒さをがまんしすぎるのは、健康へのリスクとなる。それ以外のところで工夫を重ねていくつもり。

断水を機に

住んでいる建物の工事に伴い、断水が行なわれることになった。某日の9時から17時。トイレの水や飲用水はあらかじめ汲み置くようにと、お知らせが来る。

家族の状況によってはさぞかしたいへんだろうと思うが、ひとり暮らしの私はそれほど困りそうにない。飲用水はふだんからペットボトルで、炊事洗濯は断水の前後にまとめてすればいい。不便があるとしたらトイレくらい。トイレ用の水を風呂に張り、他は洗面所とキッチンのそれぞれに鍋で備えた。

9時直前、流せるうちの最後のトイレ。上階でも同時に排水音が。考えることは同じのようだ。建物全体の水の使用量はこの数分いっきに上がったのでは。

断水が始まってわかったこと。トイレを流すには、バケツ1杯か2杯で足りる。が、それ以外に思ったよりこまごましたシーンで、水を出したくなることが多い。便座の温水洗浄のスイッチを押し「あ、こっちも出ないんだった」。昼食の際トレイについた汚れを一掃しようと蛇口をひねり「そうだった。こういうとき地道に拭くという方法があった」。

ふだんいかに無意識に水を使っているかを思い知る。

昼食後の歯みがきでは、鍋からコップにすくい、1杯の水で、歯ブラシを湿らせるのから、歯ブラシの泡を落とすまでが完結した。ふだん歯ブラシへは蛇口の水をかけ、コップの余り水は捨てていた。

歯みがきにかける時間を仮に1分として、その間出しっぱなしにすると、12リットルの水が流れるという。12リットルといえば、大きい方のペットボトルで6本分！　風呂のシャワーを出しっぱなしにしたらどれほどになるか、考えるだに怖い。

一日に一人が使う平均の水の量はペットボトルの大で110から120本になるという。手で汲んだらたいへんな重労働だ。想像がつかない。

子どもの頃近くに住んでいた白髪の婦人は、断水でなくても常に汲み置きの水を使っていた。「出しすぎになってもったいないから」と。敬服する。

私は正直、節電に比して節水の意識は高くなかった。断水を機に改める。まずは歯みがきと石けんで手洗いをする際、蛇口を締めるところから。

断水に備え鍋や風呂に溜めた水は、残さず使いきった。

実は危ない

夜遅く電子レンジの庫内を拭いていて、突然闇に包まれた。停電、それともうちだけ？外のようすを確かめたくリビングの窓へ行こうにも、目の前にあるはずの冷蔵庫すら見えない。通電しなくなった家がこんなにも暗いとは。

わが家は全室、遮光カーテン。寝るときに照明をすべて消しても、夜中トイレに行けるのは、冷暖房、加湿、空気清浄といった何らかの機器の運転中を示す灯りが、道標になっていると知った。

スマホだけは停電でも点いているはず。最後に操作したのは、リビングのソファだったか。見回せば、座面らしき低さに小さな点滅。手探りで歩を進め、センターテーブルに足をぶつける。スマホを身に着けておく必要を、文字どおり「痛」感した。

リビングのカーテンを開けると、人々の寝静まった時間帯ながら、はるかなタワーマンションの窓がいくつか灯っている。世は平穏。うちだけ、ブレーカーが落ちたのだ。

雨の晩で月は出ておらず、ベランダの奥の室内まで届く光はほとんどない。平安貴族が、月が雲隠れするか否かを気にしたわけがわかる。呪術的なまでに存在感のある光源なのだ。スマホまでブラックアウトしたときは、平安貴族の連想で「祟りか」と思ったが、握る手に力が入りすぎ、シャットダウンボタンを押してしまっていたのだった。

テレビ台の下から懐中電灯を探し出す。乾電池が切れていないことを祈るのみ。

それからのわが家は、円形の怪しい光が床、壁、扉と順々に照らす、探偵映画さながらの世界となった。分電盤はクローゼットの中である。6年半前の自宅改装以来、分電盤を操作するのは初めてだ。

懐中電灯を向ければ、20近い小さなブレーカーと、大きなブレーカーが1つで、下りているのは大きな方だ。それぞれに字が書いてあるが細かすぎて読めない。老眼鏡を身に着けておく必要も痛感する。とりあえず下がっているものを上げたら、辺りが急に明るくなった。

結局何だったのだろう。節電につとめている今、使いすぎは考えにくい。

電子レンジの掃除が悪かったかも。プラグを差したままつい拭いて、布巾も水気を含んでいた。日常的なものでありすぎて「危険」という感覚が薄れているが、掃除のときは必ずプラグを抜かないと。電子レンジに限らず、他の機器も。

復旧はすぐしたものの、身にしみたことは多い。万一停電した場合の、家の暗さもそのひとつ。配置を知り尽くしているはずの家でも、距離感と方角がわからなくなる。大型台風が来るときに、リビングと寝室の2カ所に懐中電灯を備えたが、もっと増設しよう。安全のためには、床にものを置かないこともだいじ。あるとわかっているセンターテーブルでさえ、転倒しかねなかったのだ。

分電盤の作りを知っておくこともだいじ。ブレーカーが落ちるのは、停電より頻繁に起こり得る。分電盤の前も片付けておかないと。

繰り返しになるが、スマホと老眼鏡はすぐ手にとれるように。闇体験からの教訓である。

老人ホームの広告に

老人ホームのチラシやDMがよく入る。さっと目を通すだけで「あ、サ高住か」「これは住宅型だな」とわかる。

老人ホームの種類の表のようなものは、どなたも一度は見ているだろう。民間のものだけでも介護付き有料老人ホーム、住宅型有料老人ホーム、サービス付き高齢者住宅、などなど。似た言葉の組み合わせでまぎらわしい。

以前は表を何回見ても覚えられなかった。ホーム選びの基本の「き」、こういうことを知らなければ入居までたどり着かないと、暗澹（あんたん）たる気持ちになった。

それら複雑にして多岐にわたる種類が、今の私の頭には入っている。2時間前に止めた駐輪場のラック番号すら覚えられないのがウソのよう。必要は記憶の母である。

チラシやDMはほぼ資源ごみ行きの私も、老人ホーム関係はとりあえずとっておく。入居者の体験談は熟読する。

オープン以来お住まいのX様（103歳）とプロフィルにあれば、オープン年月を確かめ引き算し「ということは102歳まで自宅で生活していたのか」。敬服すると同時に希望を持つ。自宅の暮らしの不安は3つです、と列挙するコメントには「これほどしっかりしていらしたら102歳まで可能でしょう」。敬服が増し希望が減退。読むのがもはや習慣で、喜怒哀楽をもたらすものになりつつある。

似たようなことを前にしていたなと思い出すのは、マンションの広告だ。36歳で今の住まいに落ち着くまで10年以上見続けた。

マンションの広告では、小さな字ほどだいじな情報だからよく読め、といわれる。所有権か借地権か、中古なら築年月とか。

老人ホームも同じだ。初期費用や月額使用料は比較的大きな字で書かれているものの、何を含み何は含まれないか。食事代やオムツ代は？　人員配置の数字は、どういう条件をもとに算出している？　病気で入院したときは？　早期に退去したときの返戻金は？

切実に知りたいことの字の小ささよ。老眼鏡をかけ腕をめいっぱい伸ばしても判読に苦労し、シャーペンの先でたどっても改行すると続きがわからなくなる。老眼鏡とルーペとダブルで使うか、スマホで撮って拡大するか。

広告主には強くお願いしたい。入居を考える本人は間違いなくシニア、親のために検討する子世代だって老眼率は高い。隠す情報ではあるまい。契約へ進むうち、どこかで説明することがらだ。広告段階でつかめるのが、双方にとり話が早かろう。

写真はずっと小さくていい。夕飯のおかずはあくまで一例、宿の広告と同じくイメージ写真と、見る方は承知しており、そんなに真剣に吟味しない。もっと字を大きく！

30代でのマンションは、いざ内覧すると即決だった。チラシを読んでいた期間の長さを思うと拍子抜けだが、紙の上であれ十余年、目を慣らしていたのは無駄でなかったはず。

老人ホームはあまり早く入居すると資金が尽きる。今くらいの健康を保てれば、20年後くらいか。少しずつ情報収集していこう。

節約しないと

年金の記事を読むと、身の引き締まる思いがする。家計をしっかり管理しないと。昨年より家計簿アプリを導入し、全体像は把握できているつもり。日々の買い物もカード払いにし、銀行口座とも連携。月の終わりに収支をチェックし「マイナスではない。健全」と判断する。

感覚的に過ぎるかも。最近では美容機器くらいで「大きな買い物をしない自分」への過信があった。もっと仔細に見なければ。

引き落とし一覧を見ていくと、交通系カードへの補充がかなり頻繁だ。仕事上の交通費は、税理士へ提出する出金伝票に書くのだが、それとはひらきが。

すぐにわかった。ジムへ行く交通費だ。

この春から通いはじめたジムは、いちばん近い店舗も電車に乗っていく。駅までは自転車だ。

A駅とB駅のほぼ中間点に住んでおり、ジムのある駅へはAが近いが、家からはやや遠い。途中の道も車が通り、気を張って走行する。Bだとひと駅余計に乗るが、家からは近く、途中の道も安心だ。もっぱらBを利用する。

駐輪場の代金も交通系カードで払っている。両駅とも100円。歩いていけば節約でき、運動にもなるけれど、ジムへ行くのは仕事の後の夜遅く。変な人がいたとき逃げ足が速いという防犯上の理由でこの100円は必要経費としておこう。

運賃はいくらなのかと調べると、意外！　AとBとで52円も違う。AB間の乗車時間はわずか2分。どちらの駅を利用しても同じ運賃と思い込んでいた。

「52円の差なら、安心して自転車をこげる時間の質をとるわ」などという優雅な考え方ではいけない。片道52円、往復だと×2。週3回行くと仮定し×3×52週。年間で1万6000円以上。

「塵も積もれば山となる」のいい例だ。こういう数字に、これからはシビアにならなくては。原則、Aの利用に変えた。

原則には例外がある。ジムへ行くのがおっくうなとき。行けば頭を空にでき、凝りもやわらぎ、よく眠れるとわかっている。明日の元気につながるが、今日の元気がいまひとつ。Bにしてしまおうか。迷いながら家を出る。

その晩も行けば楽しかった。風呂に入り、心地よく疲れた体で電車に揺られ、窓の外に

Ａのホームを見ながらＢまで乗る。自転車のカギを取り出しつつ、改札を抜けて駐輪場へ。ラックの番号はたしか87だった。

その87が空。番号が違ったかと、駐輪場の端から端まで２回探したけれど、ない。盗難に遭ったか。まま聞く話だ。警察へ届けねば。よりによって「後は寝るだけ」のつもりで帰ったこの晩に。

読者の皆様はもうお察しだろう。そう、Ａに止めたのだ。私も思い出した。家を出る際、Ｂですませたい誘惑にかられたが「ここが踏ん張りどころ」と自転車をＡへと向け直したのだった。

改札へ戻り、再び電車の中の人に。52円＋ＢからＡへの運賃が無駄にかかった。節約には記憶力もだいじ。

Ａで降りると87の数字は合っていて、悲哀の中に救いを感じたのだった。

「ポイ活」に励む

ポイントを貯めるのに熱心な人はお金が貯まらない、との説がある。真偽の検証は難しかろうが、言わんとすることはわかる。ポイントの基準を満たすためつい買いすぎるなど、お得感につられて実は損をしがち、という戒めだろう。

私もかつてはポイントカードがずいぶんあった。ポイントよりカードの方が溜まっていた。カードを作るのは店での流れ。やや大きめの買い物をし「本日のお買い物から3ポイントつきます。10ポイントで1000円のお値引きになります」などと説明されると「せっかくだから」という気になる。親切に対応してくれた店員さんだと、なおさらだ。で、次に捺されることがなかなかない。

買い物したのがポイントのつかないセール品だったり、定価でもカードを持っていないときだったり。カードで財布がはち切れそうになると、抜いて輪ゴムで束ね、とりあえず引き出しに入れておく。財布の中で、カードの端が黒ずんだりすり減ったりしていると、運気が逃げていきそうで。

「後で合算できますから、お作りしましょう」と言われ、同じ店のが2枚になることもある。引き出しの中で輪ゴムが劣化しばらけて、やっと整理。期限のとっくに切れたものや、何の店だかもはやわからぬものも多々。

コロナ禍前までのこと。コロナ禍で店に行くことが少なくなり、カードとの縁がいちどは切れた。

復活したのはスポーツジムで。レッスンが終わると、ともに参加していた人たちが、出口でカードをピックアップしている。ひとりが教えてくれるには、1レッスン参加するごとに1ポイントつくキャンペーンが始まった。「せっかく出られたんだから、もらわないともったいないですよ」。それもそうかも。「もったいない」は「せっかくだから」と並び、心を動かすワードである。総合カウンターで受け取ってきた。

紙のカードで、升目に1個ずつ判が捺されるもの。遠い昔のラジオ体操のカードをほうふつさせる。かすれたゴム印も懐かしく。

キャンペーンは3期間に分かれ、期間内に10ポイント貯まると景品を得るが、達しなければ、たとえ9ポイントであっても無効。期間末が迫ると「せっかく頑張って8個まで貯めたのにもったいない」と店舗をはしごし1日2レッスン出ることもあった。キャンペーンの終了日には、コンプリートしたカードが3枚に。

景品は、升目の下に小さな字で書いてあり、落ち着いて読むと、プロテインドリンクの無料券か、日焼けマシンまたはパーソナルトレーニングの割引券。貯めてどうなるかを考えず、リスが木の実をかき寄せるようにせっせと集めていた。ゴム印が目に見えて貯まっていくのは、本能を刺激する何かがあるのかも。

パーソナルトレーニングでもそのうちに、と思ううち、景品の引き替え期間が過ぎ、カードは旅のスタンプ帳に似た単なる記念品に。

紙カードからアプリに替える店が増えつつあると聞く。カードは溜まらなくなるけれど、ポイントを貯める上での視覚的な動機付けは、どうだろう。

運を拾う

ごみ拾いの習慣がサッカーのワールドカップで話題となった。日本人サポーターが試合後に、観客席のごみを集めるようすである。

海外のメディアではさまざまな考察がなされていた。学校教育に掃除の時間が組み込まれていることに言及するもの。掃除は業者に任せる国が少なくないそうだ。神道における清めや、仏教の修行の一環としての掃除、精神修養の面を持つごみ拾い活動と結びつけ、スピリチュアルな意味合いがあると解説するものもあった。

なるほどとうなずく一方、思い出すのは駐輪場だ。自転車に乗ることの多い私は、あちらこちらの駐輪場を利用するが「ここはごみ捨て場ではありません」といった注意書きが、ほぼ例外なく貼られている。木々に囲まれた川や池には「不法投棄禁止」の看板が。それだけ捨てる人が多いのだ。

見られているかいないかの違いだろうか。ワールドカップの観客席はテレビに映る。

自分を顧みれば、家の中も出先で使ったところでも、きれいにする方ではある。公衆道徳というより、すっきりして気持ちがいいという「快不快原則」によっているように思う。

他方、批判を覚悟で打ち明けると、出先にこっそりごみを置いてきたこともある。

印象的だったのは、ある地方都市からの帰り。急な悪天候でビニール傘を買った。両手に荷物の上に傘は歩きにくく、駅に着くとホームのベンチにぐったりと腰を下ろした。

すでに雨は上がってきている。この先何回もの乗り換えのたび、足がからめばつまずきそうな傘を持って階段を上り下りするのか。電車が来て、ベンチに置いた鞄をひとつひとつ手に取りながら、ふと思った。「ベンチに立てかけた傘を、この状況で忘れる人はいるだろうな」。忘れたふりをして、残してきた。たいへん申し訳ない。

その日の帰路は不運が続いた。乗り換えに間に合わなかったり、次の電車も遅れてきたり、私の周囲だけ荷物棚がふさがっていたり。

混雑の中で荷物をずっと提げたまま「やはり」の感があった。野球の大谷翔平選手は、ごみを拾うとは運を拾うことだと教えられ、実践しているという。捨ててきた私はその逆だ。最寄り駅から家までは自転車になるが、その間も事故に遭わないかとどきどきした。

子どもの頃お年寄りがよく言っていたものだ。人の見ていないところでも「お天道様が見ている」と。スピリチュアルな何かがあるとすれば、繰り返し聞いて耳にしみついているその言葉かもしれない。

お正月を定年

穏やかな正月だった。「何時までには終わらせねば」と締切時間を設けず、ひとつひとつの物事をして。年末年始というと、熱を出したり原因不明の頭痛が起きたり、体調を崩すのがこのところのパターンだったが、それもなかった。

今思うと、世の中の仕事納めの日が過ぎたとたん「これでもう寝ついたところで、とりあえず人に迷惑をかけることはない」と緊張がいっきに緩むせいだろう。この12月は配分がたまたまうまくいったのか、直前まで全力の状態を続けることがなくてすんだ。

それまでがむしろ詰め込みすぎだったかも。同世代の多くは定年を迎え、働き方を変える頃。仕事はなるべく続けたいけど、これまでどおりの頑張り方が最善ではないと心得て、体調を崩さずにすんだ配分を「たまたま」でなく、しなければ。今年の課題だ。

正月らしいことは、あまりしていない。お餅を食べ、買ってきた数の子や黒豆をおかずに添えたくらいだ。正月支度は、ひと頃に比べると本当にしなくなった。

ずっと独身できた私は、正月は親の家で、親のしていた支度をなぞった。家のあちこちに輪飾りを掛け、水仙の花と千両を生け、屠蘇散を酒に浸け、並行して食材の買い出し、作り置き。30代で母を送った後、お節料理の数品は作っていた。

40代後半に介護がはじまってからは、百貨店で単品の黒豆などを買ってきて、重箱に詰めるように。方法を変えてもお節料理や正月飾りは続けた。父は今が何月何日かはわからなくなっていたが、家の中のようすが華やげば、単調な日々の刺激になり、心身が活性化されるのでは。行事食は高齢者施設でも取り入れられていると聞く。お節料理も目にするだけで、いろいろと思い出し「回想法」的な効果があるのではと。

甥のひとことで考え直した。「見るだけで食べられないのも気の毒だし、無理しなくていいんじゃない？」。それもそうだ。短時間でも父を置いて出るのが気がかりな状況になっていたし、百貨店の混雑による消耗も実は甚だしいのだ。

父が90歳の正月は何もせず、ひと月後に入院。それが最後の正月となった。

思えばあれが私の「正月定年」だったかも。正確には正月支度の定年だ。

評論家の樋口恵子さんに「調理定年」の言葉がある。調理にも定年があっていい、年をとるにつれ料理がおっくうになる自分を責めてしまいがちだけれど、そういう「べき」からもう解放されましょうと呼びかける。あの言葉に楽になれた人は少なくないだろう。

年末年始はホテルや旅館で過ごすと決めている高齢者夫婦も周囲にいる。倹しさを旨とする母にはなかった発想だが否定しない。ある年になると「くたびれないように保つ」ことが守りたいこととの上位に来る。

私の「正月定年」がこのまま完全リタイアとなるかどうかはわからない。肩の荷を下ろした後の長めの休憩かもしれず、正月らしいことを何もしないのはそのうち物足りなくなるかもしれず……。

体力と仕事の仕方との兼ね合いで探っていこうと考える、61歳の正月である。

もっと頼ろう

仕事先での休憩時間、近くにいた女性の携帯電話が鳴る。この後に出る女性と区別するためA氏と呼ぼう。A氏の電話からは、しゃがれぎみだが勢いある女性の声が漏れてくる。「ササガキ」。謎めいたひとことで応答するA氏。「えっ?」。いっそう声を張る相手は、少々耳が遠いのかも。「ササガキゴボウ」「えーっ、ゴボウ! ないわ。スーパーには行ってきちゃったし。いいわ、ホタテは冷凍しておく」。明るく締めくくって切れた。

「すみません」。恐縮してA氏が説明するには、85歳でひとり暮らしをしている親戚の女性。A氏は近くに住む縁でときどき覗き、携帯の番号も「何かのときのため」教えてある。

その「何かのとき」のハードルが低い。今のは炊き込みご飯の具の問い合わせだ。A氏がおととい買っていったホタテの炊き込みご飯がおいしかった、作ってみたいが、ホタテと何が入っていたか。

「ご立派ですね」と感嘆する。85歳の体力を想像すれば、調理が面倒になりそうだ。評論家の樋口恵子さんが「調理定年」に思い至ったのが、たしかそのくらいの年だった。だのに作ってみようとは。

A氏によると親戚の女性は作るのが好き。先月も梅酒を仕込んだ。庭に数本の梅があり、たいして世話もしないのに実をよくつける。大量の実も、梅酒作りに要る氷砂糖も焼酎も重く、A氏が駆り出された。

梅酒は、本人は口にしない。アルコールを飲めないので、作ってご近所に分けるだけ。ご近所もそうそうは要らないから、床下収納には何年分もの梅酒が溜まっている。「将来は私が整理することになると思います」とA氏。

駆り出されたときはお礼が支払われる。そのあたりもご立派。電話のハードルは低いが、人の労力へのリスペクトはあるのだ。A氏も仕事と割り切って「そんなに作ってどうする気」などと言わず、したいようにしてもらう。A氏の思うに、泳ぎ続けないと死んでしまう魚同様、作るのを止めるとたぶんいっきに衰える。

学ぶことの多い話だ。

今の私は、ご親戚と違うタイプである。炊き込みご飯を再現したくなったら、おととい のごみの中から包装紙を探し出し、店名で検索。商品画像をもとに、ホタテの他はササガキゴボウと突き止め、遺漏なきようリストを作って、その紙を握り締めスーパーへ行くだろう。計画的で自己完結的。

対してご親戚は、抜けがあったり人を頼ったりしながら、志を遂げていく。そのようにオープンで、周囲をうまく巻き込んでいく方が、老いに強いのではと思うのだ。

「桃栗三年柿八年って本当ですか」とＡ氏。件の親戚に聞かれたという。親戚の言うに、梅がこんなに実をつける庭なら、桃もよくなるはず。苗木を買ったから、今度植えにきてほしい。「3年したらジャムが作れるじゃない」と。

3年て……そのときいくつよ？　煮て瓶に詰めて配る体力がまだあるつもり？　喉まで出かかったのを、Ａ氏は呑み込んだとのこと。

「ご立派ですね」。感嘆の言葉をただ繰り返す私であった。

熱中するもの

知人の他県に住むお父上が御年90歳を迎えられた。心身の衰え、特に反応面のおぼつかなさが、会話のズレから案じられるが、そうしばしばは通えない。

活性化をもたらす「何かになれば」と実家に動画配信サービスを契約したらこれが当たり。韓国の歴史ドラマのファンになり、なんと50話イッキ見したという。

はまるのは想像がつく。父の晩年も、毎週テレビをつけていた。なんといっても王宮が舞台。所作は丁寧でもの静か、言葉遣いは礼儀正しく、年寄りに不快な要素が何もない。唯一のバイオレンスは、取り調べの際の拷問だが、血の色もいかにも作り物で、年寄りの日常に不穏を持ち込むものではなかった。

風景や伝統衣装は美しく、家にいながら世界遺産をバーチャル観光しているよう。加えて連続ドラマの常として、毎回ちょうど続きが気になるところで終わる。父に付き合って見ていた私もまんまとはまり、ＤＶＤがすでに出ているのを知って、翌週の放送を待たず借りてきたほどである。

知人のメールはこう結ばれていた。子に熱中するものができると、親は安心といわれるが、立場を逆にしてよくわかった、と。

熱中。それはだいじそう。父は果たしてどうであったか。実は私に付き合い見ていたことはなかったか。

90近い父の反応がおぼつかなくなってきたのは、私も案じていた。起きている時間のほとんどを、家で座って過ごすが、その間も何か脳への刺激がある方がいいのでは。

いろいろなものを買って試した。日記帳。字を書かないとわかってからは、大人の塗り絵。指先を使う折り紙、組み立て玩具。が、いっこうに興味を示さない。

あるとき父がデイサービスから持ち帰ったプリントを見て「えっ、これでいいの？」。点つなぎという遊びをご記憶だろうか。点の脇に数字が振られ、順番に線で結ぶと、動物や乗り物などの輪郭が現れる。「これだったら家でできる」。

書店へ行くと、学習教材のコーナーにあった。高齢者向けのものが別にあるかもしれないが、私がみつけられたのは「対象年齢5、6歳」などと表紙にあるドリル。幼児用の教材を親に渡すのはためらわれたが、知人同様「何かになれば」と賭ける思いで購入。

これも外れだった。父の日の前に置いても、なきがごとくに、その先のカステラへ手を伸ばす。デイサービスとの連絡帳には「プリントに楽しそうに取り組んで下さいます」と、父のようすが記されているのに、なぜ？

思うに父の「社会性」がよびさまされるのでは。デイサービスの誘導のうまさもむろんあろうが、その上に。

認知症になってからも、家族以外の人には少し気どって挨拶したり、愛想よく応対したりするのを、散歩や介護関係者の来訪の際感じていた。その伝でデイサービスでは、点つなぎに興味がなくても「ここは雰囲気に合わせる場面だろう」と協調的にふるまうのでは。それもひとつの「刺激と活性化」だから、目的にはかなうのだが。

「脳トレ」的な観念にとらわれすぎ、父の熱中するものを、ついに探しあてられなかったようなな。今さらながら心残りだ。

忘れていても

「本日は長谷川式をさせていただきます」。知人の家に、母親がお世話になっている訪問看護師が来て言った。認知症の可能性を調べる簡易な検査だ。

知人にとっても将来受けるであろうもの。じゃまにならないよう隣室へ移って、聞き耳を立てた。

はじめは母親の年齢や、今がいつか、ここはどこかに関する質問。次いで3つの言葉を言う。「桜、猫、電車」。母親が復唱。「後でお尋ねしますので、覚えていて下さい」。しばらく別の質問があった後、「さきほど覚えていただいた3つの言葉をお願いします」。

これは難しいと、嘆息する知人。「電車」しか、知人は出てこない。「植物です」「動物ですよ」という看護師のヒントで、ようやっと。

知人の話に、私も嘆息。将来どころか今も無理だ。「桜、入学式、ランドセル、上履き、教室」のように連想でたどれるなら、4つ、5つと行けそうだが、脈絡のない3つを覚えるなんて。

しりとりのように、最後の音が最初の音へつながっていくなら、まだなんとか。次善の策で、３つに共通の音を探す？

いや、ダメだ。サ行の音は「電車」にあって「猫」になく、カ行の音は「猫」にあって「電車」になく。そうこうするうち別の質問が来てしまうし。

言葉でなく絵の方の脳をはたらかせるのはどうか。「桜」と聞いたら、頭の中の画用紙にすかさず咲かせ、「電車」をただちにそこへ描き足す。花見の案内図のように。「猫」が所を得にくいが、桜の根元に寝そべらせるなど強引にはめ込んで、一枚に収める方が、記憶に定着しやすそう。

しかし将来に備え、裏技的なスキルを磨いておくのも、何か変。ありのままを知ってもらい、適切なサポートを得られるようにするのが、検査の目的なのだから。

かつて私の父親が要介護の認定を受けたときは、３つの言葉の質問はあったかどうか。その前の「今はいつですか」の段階で「さあ？　忘れました」。朗らかな笑顔を質問者に向けた。認知の衰えはあきらかながら、その場の雰囲気を和ませようとする「社会性」のようなものを感じた。

あの対処法もアリだと思う。

人生のうちのいっとき

知人のA氏は定年を迎えたところで、通勤を伴う仕事をいったん退き、ただいま実家に住み込み中。90歳近い両親は、年齢なりの衰えの上に、病気持ちだ。片方につき、医師より厳しい予後を告げられたのを受け、もう片方を施設から一時帰宅させる。機を合わせ、離れて住んでいる姉を呼び、4人揃って団欒のときを持つことに。おそらくこれが、家族集合の最後となる。あくまでも偶然をよそおいながら、子ども2人はこの団欒の場の意味を知っている。エアコンの心地よく効いたリビングで、なんということのない会話を交わしつつ、生涯の記憶となるだろう午後の一瞬一瞬を、深く胸に刻んでいた……はずが。

不覚にもA氏はうたた寝してしまった。控えめに言ってうたた寝、実態はほぼ爆睡。ソファにもたれ、穏やかな話し声を耳にしていて、ハッとわれに返ったら、仰向けにひっくり返っていたという。「よりによってこのシチュエーションで寝るか?!」。自分で相当驚き、うちひしがれたと。

「いや」と私は首を振る。「このシチュエーションだからこそ」。それだけふだん気を張っているということ。数年前の退職以来、ずっと。仕事人生から一転、経験知ゼロの介護へ。独身で、わが子のオムツすら替えたことのない人が、いきなり親の……。よく適応していると敬服していたのだ。

たぶん夜の睡眠中も、どこかで覚醒しているだろう。親の足腰が立つうちは、トイレへ起きてこないか、転倒しないか、玄関ドアから外へ出てしまわないか。立つことができなくなればなるで、ベッドから落ちていないか、ひょっとして事切れてはいまいか。心は常に臨戦態勢のはず。

そこへ姉の来訪だ。今不測の事態が起きても自分に代わり119番してくれる人がいる。睡眠不足のところへ、フッと気が緩んで寝落ちするのは自然なこと。

そんな時間感覚でいた頃が、自分にもあったなと思い出す。きょうだいと交代で泊まり込んでいたので、毎晩ではないけれど、親の家にいるときパジャマで寝たことはなかったな。いつなんどきでも出動できるようデニムにスウェット。

親が入院している間は、命の安全への責任からは解放される。代わって病院の面会時間が、時間の流れの基調となる。看護師さんに親のようすを聞く貴重な機会。容体急変の報を受け、出先から急ぎ戻ったこともいくたびか。

顧みれば、時間の感覚は本当に変わった。電車に乗ってジムへ行くことも、美容院でカラーとパーマを同じ日にすることも、あの頃ならあり得なかった。

人生にはいろいろな時期がある。家族と暮らす時期なんて、過ぎてしまえばほんのいっとき。ただ中にいるときは終わりのないように感じられても、実は短いのだ。その後の人生が長くなればなるほど。

爆睡からめざめたA氏に、両親と姉のまなざしは思いのほか柔らかかったという。姉はむろん、認知がおぼつかなくなっている両親にも、A氏の日頃の頑張りへの感謝と労(ねぎら)いの念があったと想像する。あるいは小さな末っ子だった頃の面影を、寝顔に見ていたかもしれない。

寄り道すれば

日頃は計画どおり行動する。どこかへ行くには到着時刻から逆算して出かけ、用が済んだらすぐ戻る。コロナ禍で余計そうなった。その私がはからずも寄り道をした話。

自宅の最寄り駅に、午後10時半過ぎに帰ってきた。夕飯はまだ。惣菜を売るスーパーはすでに閉まっている。空腹だが、いつもどおり家で作ろう。

暗い駅前通りに牛丼のチェーン店の明かりが煌々（こうこう）と。通り過ぎようとして気づいた。1軒の牛丼店と認識していたが実は2軒で、お隣は同系列のとんかつ店だ。

ガラスドアに貼られた商品写真のうちアジフライが目に留まる。買っていっていいかも。ご飯は家にあるから単品で。

ドアを入ってすぐが券売機だ。こ、これは……。内心ひるむ。カラフルなタッチパネル式。仕事先の社食の券売機とはワケが違う。画面にはとんかつ定食の写真がずらり。アジフライはどこ？　画面上のバーにその文字を見つけて押す。

代わってアジフライ定食の写真がずらり。これまた難度が高い。どこが違うか解読せねば。とんかつやエビフライとの盛り合わせとわかり、アジフライのみの定食へようやく行き着く。この先「単品」「持ち帰り」を探し当てるのは無理と判断。食べていくことを決意し「店内」を押した。

支払いの段でまた焦る。交通系カードを選択したところ、それらしく光る枠がいくつも。どれにカードを当てればいい？

振り返れば複数人の列。待たせている。「すみません、先に買って下さい」。「取消」を押す。「いえ、急がないので」とすぐ後ろの20代らしき男性。「先にお願いします」。逃げるように画面を離れ最後尾へ。

男性はわざわざ私の方を向き「では、さっと済ませますね」。優しい子。不慣れなシニアに舌打ちするではなく、気づかっている。彼の後ろの女性は連れであったようで、２人分をスマホで手早く買っていた。

深呼吸して再びタッチパネルへ。アジフライ定食への行き方はわかった。現金で支払うなら込み入ったことになるまい。購入できた。

2列が向かい合わせのカウンター席。間のI字をスタッフが行き交う。よくできている。学生時代に入ったことのある牛丼店はU字だったかな。

1席ずつアクリル板で仕切られている。さきほどの２人以外はひとり客。20代から30代と思われ、店内は静かだ。奥の方から控えめな声で「ごちそうさま」。カウンターの端から男性客が出てくる。礼儀正しい子。挨拶して帰るのか。次いで私の隣も「ごちそうさま」。

身の内に温かいものが広がるのは、熱い味噌汁のせいばかりではない。若い人たちのこういう世界が、私の知らないところにあったのだ。日頃よく世話になるコンビニや宅配便のスタッフも、客として来るかもしれない。寡黙な彼らの日々の働きにより、社会は支えられている。「ごちそうさま」には食べられることへの感謝に加え、遅くまで店に立つ同世代への労いもあるのだろうか。

寄り道してよかった、思いきって店内で食べてよかった。そうしみじみと感じた夜。

感じやすい年頃

深夜のとんかつチェーン店の光景は、意外なほど深い印象を私に残した。券売機にとまどう私に、舌打ちひとつせずに待ち、列の最後尾へ回ると振り向いて気づかってくれた若者。黙々と働くスタッフと「ごちそうさま」を言って帰る客。20代から30代の人たちだ。彼らの年頃の私なら「券売機でもたついて恥かいた」「店にいる人たちの雰囲気は割とよかった」くらいのことで終わっただろう。こうも心にしみるとは。60代になって、感動の閾値(いきち)が下がったのだろうか。

親切が身にしみたせいはある。あの場の私は、他の人が難なくできることができず、その意味で非力な者、弱い者。

前に介護の本に載っていた挿絵を思い出す。無表情な高齢の男性が、椅子に座ってソックスをはかせてもらっていた。介護を受けるかたは言葉に出せなくても、いろいろなことを感じているのですといった説明で、男性の頭の脇の吹き出しには「なんて優しいんだ」「神様みたいだ」。

その本を読んだときの私はソックスをはかせる側。「言わんとすることはわかるが、ソックスで神様みたいはいくらなんでもおおげさ」と笑ったけれど、あながち誇張ではないかも。

いいや、親切にされたから、だけではあるまい。スタッフのきびきびした動きや客の挨拶は、私に向けられたものではないからだ。

思うに、親切云々以前に、若い人が真面目に生きていることそのものへの感動があるのでは。

前に知人の子でコンビニでバイト中の学生が、近所のおばあさんについて語っていた。店の外の掃除をしていると、よく通りかかる高齢女性がいる。掃除に出るタイミングと、その人の散歩の時間帯が合うらしいのだ。女性は決まって「まあ！」と目を見張り「偉いわ、一生懸命働いて。寒くない？」。目を潤ませ、コンビニの制服の袖から出ている手をさする。毎回必ず。そのたびに親戚の子は「だ、大丈夫です、寒くないです」と後ずさる。「そのご婦人を助けるようなこと、何かしたの？」。私が聞くと「別に」という。

ご婦人の例は極端かも。より身近な例で、同世代の男性がいた。母校のラグビーの試合の観戦に行くと、勝敗に関係なくただもう若者たちが無心に体をぶつけ合う姿に、泣けて仕方ないという。「おじさんになったたな。年をとると涙もろくなるってこういうことかと思った」。

さらに言えば、真面目に云々以前に、若い命そのものへの感動があるのかも。あれは70代の前半だったたか、父が言っていた。近頃では、小さな子がしゃがんで水たまりをパシャパシャさわって遊んでいると「愛らしい」を通り越し「神々しい」ものに見えると。当時はまだ父の老いが、少なくとも私には差し迫ったものと思えず、一般論のように聞いていた。

衰えが進み、発話がなくなってからは、父の目に何がどのように映っていたかはわからない。が、世界はモノトーンになっていったのではないと信ずる。年とともにものごとに感じやすくなり、日常的な光景にも輝きや奥行きが出るならば、それはそれで楽しみだ。

記憶を超えて生きていく

新型コロナウイルスに関する行動制限が緩和され、延び延びになっていた対面のいくつもが実現。高校の同窓会報の談話取材を受けるのもそのひとつだ。

高校には長らく距離を置いていた。青春とは恥の多いもの。振り返りたくない期間が誰しもあろう。私には高校時代がそれに当たる。

端的に言って暗かった。家の経済的な苦境と、10代にありがちな「屈託を抱えている方が人間として陰影がある」といった思い違いとがからまって、自己形成の仕方をかなりこじらせていたのである。明るくのびのびした今の私の性格からして、たいへんに都合が悪い。

居を移したのをいいことにつながりを絶ち、同窓生名簿のようなものがあるなら住所欄は空欄で、行方不明状態だったはず。それでも仕事関係を通じて、徐々に連絡をとれるようになってくる。高校創立百周年の記念行事には、メールで短い言葉を寄せた。

このたびの取材には迷いがあった。新聞にも卒業生の記事がときどき載るが、高校での自己形成から現在までが一貫している印象だ。古い公立校によくあるように、管理教育は緩めで行事や部活動が盛ん。それらに全力で打ち込んで、残り時間に集中して勉強した経験が、社会人になっても生きていると。私はとてもあてはまらない。

けれども思い直した。今、30代、40代で、かつての私のように思っている人はいるはず。「こういうところに出てきて臆せず高校時代を語れるのは、その頃の自分に誇りを持てる人なのだ」。そうとは限らないと伝えたい。思い出すことを避け、逃げ回っているとしても、時が経てば変わり得る。

談話取材に来たのは、私よりも年長の男女４人。自己紹介のとき、私は自分が何回生かもわからなかった。途中から気づいた。高校のことをいかに意識から閉め出してきたか、改めて感じた。

話し始めて、予想とはだいぶ違うだろう私の話、４人とも真っ直ぐに私を見て、静かにうなずいてくれている。初対面にしては深刻な内容に焦らず、場の雰囲気を和らげようと性急になることもなく。大人の落ち着きと包容力が、深く胸にしみた。

終わってから、紙に印刷した写真を渡される。学生証に貼ってあった私の写真だ。なぜこれを？

私はすっかり忘れていた。百周年記念行事で言葉を寄せる際、高校時代の写真を添えるそうで、ほとんど撮っていなかった私は困って、学生証を送ったのだ。その写真の劣化を修正し拡大したもの。「学生証みたいなだいじなもの、私たちを信頼して送って下さったのだとうれしかった」という。

驚いた。そして思った。人は自分の知らないところで、人に何かをもたらしている。ここに集まってくれた4人も気づいてはいまい。私の話に他心なく耳を傾けていた穏やかなたたずまいそのものに、私がどれほど心洗われ、救われたことか。意識や記憶のできる範囲を超えて、そのように影響し合って、生きていく。

忘れがたい対面である。

動物園のベンチにて

動物園へ行った。自分でも意外だが、脈絡はあることで、小鳥のねぐらを突き止めたい。住まいの生け垣に小鳥の群れが来る。賑やかなさえずりに、朝寝の夢をよく破られる。枝を盛んに出入りして、洗濯物を干すにもフンで汚されないか心配なほどだ。昼過ぎ、洗濯物を取り込む頃には見かけず、夕方以降は絶無。法則性をもって移動していることが、コロナ禍で家にいるようになりわかった。

凝り性なところのある私。夜はどこへ行くか知りたい。群れが収まり安眠できるには、大きな木がまとまって生えていることが望ましいのでは。家から遠くなくて条件にかなうのは動物園。そう推測したのである。

夜は開いていないが、閉園の午後5時まで観察するつもりで、平日の4時前に出かけていった。

私は基本、出不精だ。変化を好まない性格と勤勉さとがあいまって、行動が定型化する。出かけるにしても、決まった場所へ最短距離で。ルートを外れると、近くでも全然行かない、ということが起こり得る。動物園もまさにそうで、いつ以来か忘れるくらい久しぶりに入園券を買いつつ「私もあと数年でシニア料金か」と気づきしみじみした。

門を入るとケージの前に人がちらほら。私の目的は飼われている鳥にはなく、もっぱら梢をウオッチするつもりが。

メ〜エェ。いきなり聞こえた。ふだんの暮らしではあり得ない鳴き声だ。囲いの中にヤギがいて、滑り台めいた三角屋根のてっぺんに踏ん張りいなないている。なぜにわざわざあんなところで？　謎すぎる。

同じ囲いの中にいたヒツジの汚れようにも目を見張る。白の部分はほとんどなくて茶色。まるで泥水に落とした毛糸玉だ。あそこから毛を刈ってセーターにするまではたいへんだなと思った。

それからも驚いたり感心したりの連続で、梢を忘れケージに視線が向きっぱなし。人間ウオッチングもつい。カップルが頑張ってＴＰＯに合わせ着てきたらしいコアラ柄の服を愛らしく思い「いませんね」「あ、あれ尻尾じゃない？」といった罪のない会話に萌える。私がデートをする……ことはたぶん一生ないけれど、するとしたら初回は迷わず動物園だ、共通の基盤がなくても会話が成立するし、和むし、などと妄想してしまった。

まさか動物園そのものをこんなに楽しめるとは。

かつての私は楽しむことに慎重で、ひねくれていた。動物園ひとつ来るにも「野生の中にいるのが本然、ケージで見られるのは観覧に供された仮の姿」とか「お仕着せの娯楽施設で楽しむには抵抗が」とか面倒くさーいことを考えただろう。今の方がものごとにずっと素直。旅についても、巣ごもり癖のために引っ込み思案になっているだけで、行けば新鮮なのでは。

閉園までの残り時間、ベンチで休む。すぐ前の木に一羽また一羽と飛来し、葉陰が群れで満たされていく。ツツピー、チーチー。さえずりに包まれて、これもささやかながら人生後半に訪れた至福のひとときだな、と思うのだった。

あとがき

モノを減らしている私だが、買ってよかったとつくづく思うのが「パワーより軽さ」のところに書いた掃除機だ。スティック型のコードレスであることは、前の掃除機と同じだが、軽さの恩恵を日々実感している。

リビングにいてふと埃が目についたら、すぐに取ってきてかけはじめる。せっかく出してきたならこの機にキッチンもトイレも、と欲張らない。気になったとき気になった箇所だけ。それをこまめに行う分、総体として心地よさを常に保てるようになった。

出力全開でいっきにカタをつけようとしない。次に回してもいいのだくらいに、ゆるく構える。完璧主義とは言わないまでもムキになりがちな私の傾向が是正された、象徴的なモノといえる。

本書は、コロナ禍を現在進行形で経験しながら日々を綴ったエッセイの4冊目にあたる。２０２０年12月の『ふつうでない時をふつうに生きる』に始まり『モヤモヤするけどスッキリ暮らす』『60代、かろやかに生きる』と続いた。２０２３年5月、新型コロナウイルス感染症は法律上、季節性インフルエンザと同じ分類にまで引き下げられ、ときおり注意を呼びかけられながらも、世の中はおおむね「ふつう」になった。

コロナ禍の三年余、このトンネルの出口はどのように近づいて来るのか、パンデミックはどのように終わるのか、私は知りたかった。ひとつ前のパンデミック、大正時代のスペイン風邪ではどのように平時に復していったかを読みたく、探した。けれどもみつけられなかった。本書に、マスクの着用方針の移り変わりや行動制限の段階的な解除など、読者にはすでに昔と感じられるだろうことも残したのは、出版物の記録という側面を思い合わせたものである。

私自身にとって60代をたまたまパンデミックのさなかに迎えたことは、意味があった。当たり前としていたことをリセットせざるを得ない状況にめぐり合わせて、それまでの日々の組み立て方やものごとの進め方が、やや詰め込みぎみで無理めだったとわかった。体力をはじめとするキャパシティの、昔とは違う今の自分のリアルと、ゆっくりと向き合うことができた。

世の中が100％「ふつう」に戻っても、少しゆるめで行きたいと思っている。

二〇二三年十月

岸本葉子

初出一覧

メルマガが多すぎる	「日本経済新聞」人生後半はじめまして　二〇二三年四月一九日夕刊
ラインで焦った	「くらしの知恵」二〇二二年一二月号　共同通信社
カタカナが増えていく	「原子力文化」二〇二三年三月号　（一財）日本原子力文化財団
パソコンサポート	「日本経済新聞」人生後半はじめまして　二〇二二年九月七日夕刊
修理か、処分か	「日本経済新聞」人生後半はじめまして　二〇二二年一二月七日夕刊
本を減らす	「日本経済新聞」人生後半はじめまして　二〇二二年八月一七日夕刊
小さい字が読めなくて	「日本経済新聞」人生後半はじめまして　二〇二二年八月二四日夕刊
オーディオブック	「日本経済新聞」人生後半はじめまして　二〇二二年八月二一日夕刊
ペーパーレス化で狙われる	「日本経済新聞」人生後半はじめまして　二〇二二年九月一四日夕刊
家の中まで海外の詐欺	「徳島新聞」ありのままの日々　二〇二三年一月二三日
デジタル弱者は強かった	「日本経済新聞」人生後半はじめまして　二〇二二年八月一〇日夕刊
ワークスペースの探し方	「日本経済新聞」人生後半はじめまして　二〇二二年一〇月一二日夕刊
ホテルで仕事をしてみたら	「日本経済新聞」人生後半はじめまして　二〇二二年一〇月一九日夕刊
大人の居場所、百貨店	「日本経済新聞」人生後半はじめまして　二〇二三年一月一一日夕刊
昔になりつつあるけれど	「徳島新聞」ありのままの日々　二〇二二年九月二五日
面倒で、つい	「徳島新聞」ありのままの日々　二〇二二年一〇月二三日
キレイの後退	「日本経済新聞」人生後半はじめまして　二〇二二年九月二一日夕刊
ダウンの寿命	「くらしの知恵」二〇二三年三月号　共同通信社
これからも履かない靴	「くらしの知恵」二〇二三年一月号　共同通信社
背中が丸くなってきた	「くらしの知恵」二〇二二年一〇月号　共同通信社
隠せたけれど	「徳島新聞」ありのままの日々　二〇二三年二月二六日

マスクの下で進んでいた　「くらしの知恵」二〇二三年五月号　共同通信社
外して初対面　「日本経済新聞」人生後半はじめまして　二〇二三年四月一二日夕刊
ほどよい距離　「日本経済新聞」人生後半はじめまして　二〇二二年七月二七日夕刊
詰めすぎないで　「徳島新聞」ありのままの日々　二〇二二年一一月二七日
話しかける店　「原子力文化」二〇二三年五月号　（一財）日本原子力文化財団
満席が戻る　「徳島新聞」ありのままの日々　二〇二三年三月二六日
脱・巣ごもりへ　「日本経済新聞」人生後半はじめまして　二〇二二年一一月三〇日夕刊
趣味に勤しむ　「日本経済新聞」人生後半はじめまして　二〇二三年一月一八日夕刊
顔出し、再発見　「原子力文化」二〇二三年六月号　（一財）日本原子力文化財団
眼鏡をもう探さない　「日本経済新聞」人生後半はじめまして　二〇二三年二月一日夕刊
指差し確認　「日本経済新聞」人生後半はじめまして　二〇二三年二月八日夕刊
歯科医院でみがく　「くらしの知恵」二〇二三年二月号　共同通信社
コラーゲン注射　「日本経済新聞」人生後半はじめまして　二〇二二年一月一九日夕刊
メークはアート　「くらしの知恵」二〇二二年三月号　共同通信社
香りが難点　「原子力文化」二〇二二年一月号　（一財）日本原子力文化財団
見た目はよくても　「日本経済新聞」人生後半はじめまして　二〇二二年九月二八日夕刊
重いのが無理　「日本経済新聞」人生後半はじめまして　二〇二二年一一月一六日夕刊
好きだけど、おっくう　「日本経済新聞」人生後半はじめまして　二〇二二年二月九日夕刊
先々の住み心地　「日本経済新聞」人生100年の羅針盤　二〇二一年八月二六日
助かる道具　「日本経済新聞」人生後半はじめまして　二〇二二年六月八日夕刊
意外と役立つ　「原子力文化」二〇二二年三月号　（一財）日本原子力文化財団
パワーより軽さ　「日本経済新聞」人生後半はじめまして　二〇二三年三月二九日夕刊
うっかり水あか　「日本経済新聞」人生後半はじめまして　二〇二三年一月二五日夕刊

初出一覧

掃除しやすく　「天然生活」二〇二三年三月号
ラップの端をはがしたい　「原子力文化」二〇二二年一二月号　（一財）日本原子力文化財団
温かいおにぎり　「くらしの知恵」二〇二三年四月号　共同通信社
麺の食べ方　「原子力文化」二〇二二年九月号　（一財）日本原子力文化財団
肥満スイッチ　「原子力文化」二〇二三年二月号　（一財）日本原子力文化財団
つとめて減塩　「くらしの知恵」二〇二二年九月号　共同通信社
治療もたいへん　「日本経済新聞」人生後半はじめまして　二〇二二年一二月一四日夕刊
長持ちさせたい　「日本経済新聞」人生後半はじめまして　二〇二二年一二月二一日夕刊
薬を飲むなら　「くらしの知恵」二〇二二年一一月号　共同通信社
一病息災　「日本経済新聞」人生後半はじめまして　二〇二三年二月一五日夕刊
少しゆるめがいいみたい　「日本経済新聞」人生後半はじめまして　二〇二三年二月二二日夕刊
旅する体力　「日本経済新聞」人生後半はじめまして　二〇二三年三月一五日夕刊
案外じょうぶ　「日本経済新聞」人生後半はじめまして　二〇二三年三月八日夕刊
健康投資　「日本経済新聞」人生100年の羅針盤　二〇二二年一一月二五日
「買ってもやらない」を改める　「日本経済新聞」人生後半はじめまして　二〇二二年一〇月五日夕刊
無駄なく使う　「原子力文化」二〇二三年一月号　（一財）日本原子力文化財団
電気代がたいへん　「くらしの知恵」二〇二三年六月号　共同通信社
断水を機に　「原子力文化」二〇二三年四月号　（一財）日本原子力文化財団
実は危ない　「日本経済新聞」人生後半はじめまして　二〇二三年四月二六日夕刊
老人ホームの広告に　「日本経済新聞」人生後半はじめまして　二〇二三年三月一日夕刊
節約しないと　「日本経済新聞」人生後半はじめまして　二〇二二年一一月九日夕刊
「ポイ活」に励む　「日本経済新聞」人生後半はじめまして　二〇二三年四月五日夕刊
運を拾う　「徳島新聞」ありのままの日々　二〇二二年一二月二五日

お正月を定年	「日本経済新聞」人生後半はじめまして　二〇二三年一月四日夕刊
もっと頼ろう	「日本経済新聞」人生後半はじめまして　二〇二二年七月二〇日夕刊
熱中するもの	「日本経済新聞」人生後半はじめまして　二〇二一年一〇月二〇日夕刊
忘れていても	「原子力文化」二〇二二年一一月号　(一財) 日本原子力文化財団
人生のうちのいっとき	「日本経済新聞」人生後半はじめまして　二〇二二年八月三日夕刊
寄り道すれば	「日本経済新聞」人生後半はじめまして　二〇二二年一〇月二六日夕刊
感じやすい年頃	「日本経済新聞」人生後半はじめまして　二〇二二年一一月二日夕刊
記憶を超えて生きていく	「日本経済新聞」人生後半はじめまして　二〇二二年一二月二八日夕刊
動物園のベンチにて	「日本経済新聞」人生後半はじめまして　二〇二三年三月二二日夕刊

本書は初出原稿に加筆修正したものです

装画　オオノ・マユミ
装幀　中央公論新社デザイン室

岸本葉子

1961年鎌倉市生まれ。東京大学教養学部卒業。エッセイスト。会社勤務を経て、中国北京に留学。著書に『エッセイの書き方』『捨てきらなくてもいいじゃない？』『50代からしたくなるコト、なくていいモノ』『楽しみ上手は老い上手』『50代、足していいもの、引いていいもの』（以上中公文庫）、『ふつうでない時をふつうに生きる』『モヤモヤするけどスッキリ暮らす』『60代、かろやかに暮らす』（以上中央公論新社）、『50代ではじめる快適老後術』『ひとり上手』『ひとり老後、賢く楽しむ』（以上だいわ文庫）、『わたしの心を強くする「ひとり時間」のつくり方』（佼成出版社）、『60歳、ひとりを楽しむ準備』（講談社α新書）、『90歳、老いてますます日々新た』（樋口恵子氏との共著、柏書房）、俳句に関する著書に『俳句、はじめました』（角川ソフィア文庫）、『岸本葉子の「俳句の学び方」』（ＮＨＫ出版）、初の句集『つちふる』（ＫＡＤＯＫＡＷＡ）など多数。

60代（だい）、少（すこ）しゆるめがいいみたい

2023年11月10日　初版発行

著　者　岸本（きしもと） 葉子（ようこ）

発行者　安部 順一

発行所　中央公論新社

〒100-8152　東京都千代田区大手町1-7-1
電話　販売 03-5299-1730　編集 03-5299-1740
URL https://www.chuko.co.jp/

ＤＴＰ　嵐下英治
印　刷　図書印刷
製　本　大口製本印刷

Published by CHUOKORON-SHINSHA, INC.
Printed in Japan　ISBN978-4-12-005711-3 C0095

岸本葉子＊好評既刊

ふつうでない時を ふつうに生きる

外出制限、リモートワークに慣れない日々。日常を見直し自分のペースを発見するチャンスかも？　変化を受け入れても、ぶれない心の持ち方を考えます。

モヤモヤするけど スッキリ暮らす

自粛はするけど萎縮はしない。巣ごもりは断捨離のチャンスかも！　オンラインで家トレ、お取り寄せも試して。先のみえない日々の中、心と暮らしを整えるエッセイ。

60代、かろやかに暮らす

手放すことをためらわず、変化をおそれずに、風とおしのいい毎日を送りたい。潔く身軽になって、より軽やかに。人生の再スタートに寄り添う、大人のためのエッセイ。

楽しみ上手は老い上手

心身の変化にとまどいつつ、今からできることをみつけたい。時間と気持ちにゆとりができたら、新たな出会いや発見も？

『人生後半、はじめまして』改題　〈中公文庫〉

50代、足していいもの、引いていいもの

やるべきことは「捨てる」ことではなく「入れ替え」でした！　モノの入れ替え、コトを代えて行うなど新しい暮らしかたにシフトしよう。

〈中公文庫〉